U0882811

创美文化
做中文语境下最美的书

回归悦读，回归经典

轻经典

迈科夫抒情诗选

[俄罗斯] 迈科夫 著　曾思艺 译

中国友谊出版公司

图书在版编目（CIP）数据

迈科夫抒情诗选 /（俄罗斯）迈科夫著 ；曾思艺译
. -- 北京 ：中国友谊出版公司，2014.7
ISBN 978-7-5057-3384-8

Ⅰ.①迈… Ⅱ.①迈… ②曾… Ⅲ.①抒情诗－诗集－俄罗斯－近代 Ⅳ.①I512.24

中国版本图书馆CIP数据核字(2014)第107422号

轻经典

书名 迈科夫抒情诗选
著者 [俄罗斯] 迈科夫
译者 曾思艺
出版 中国友谊出版公司
发行 中国友谊出版公司
经销 新华书店
印刷 北京鑫海达印刷有限公司
规格 889×1194毫米 32开
8印张 176千字
版次 2014年8月第1版
印次 2014年8月第1次印刷
书号 ISBN 978-7-5057-3384-8
定价 30.00元
地址 北京市朝阳区西坝河南里17号楼
邮编 100028
电话 （010）64668676

目录

前言

第一次与迈科夫的诗歌相遇，是在 1985 年。那时，我刚考上湘潭大学中文系的世界文学硕士研究生，师从张铁夫（1938~2012）先生研究俄罗斯文学。那一年《苏联文学》第 6 期发表了申力雯等人翻译的《迈科夫抒情诗选》6 首。但由于 20 世纪七十年代末八十年代初，西方现代主义文学在中国风行一时，爱好文学尤其是学习写作者几乎无不受其影响，作为一个初学写作者，我自然也不例外，因此，那时我最迷恋的是现代主义文学，在俄国古典作家和诗人中，最能吸引我的是古典中富于现代意识的丘特切夫，太过古典的迈科夫没有给我留下太深的印象。

第二次与迈科夫的诗歌相遇，是在 1990 年冬天。那时，我买了一套飞白先生著译的《诗海——世界诗歌史纲》，在其传统卷中，我再次看到了关于迈科夫的简要而全面的介绍：

> 阿波龙·迈科夫在纯艺术派中占第二位。他是画家之子，在选择自己志向时曾在诗与画之间摇摆不定。因在大学时代发表的诗受到好评，终于使迈科夫选定了诗人的道路。
>
> 在四十年代，迈科夫接近别林斯基，参加进步知识分

子组织的彼得拉舍夫斯基小组[①]，但他的民主倾向是不稳固的，特别是他三十岁以后长期当外国出版物检查官，使他的思想越来越倾向官方立场和斯拉夫主义[②]。在五六十年代间，他以“纯艺术”反对进步思想。他把艺术看作美的形式，认为艺术家的任务就是寻找和谐。

古代历史和自然景色，是迈科夫的诗笔描写的主要对象。他喜用古代文化和神话素材。他的抒情诗富于牧歌情调，有古希腊《花冠集》般的古雅，也有巴那斯派般的客观化风格。根据迈科夫自己的归纳，他的特色是：“赋予每个印象以史诗意义，在冷静如画的诗句下隐藏起个人的心情。”不过他的历史题材长诗中却不乏说教成分。与费特相比，迈科夫更接近巴那斯派的匀称和谐，朴实清晰，而没有费特那种印象主义的涟漪和象征主义的朦胧。

迈科夫的名作《遇雨》就是一首清新朴素的牧歌，尽

① 彼得拉舍夫斯基(1821~1866)，19世纪中叶俄国解放运动的著名活动家，出色的演说家和训练有素的宣传家。他是彼得堡革命知识分子小组的组织者，傅立叶学说的忠实信徒。在他所住的彼得堡波克罗夫斯基广场附近简陋的小木房里，每逢星期五，便有一些对近代社会、经济问题感兴趣的、和平的青年自由思想者聚集起来，就大家所共同关心的社会政治问题进行自由平等的讨论。他们共同信奉傅立叶的空想社会主义，并以此来抨击现存制度，但并无明确的革命纲领，组织也极其散漫。1849年5月4日，沙皇尼古拉一世亲自下发了逮捕令，彼得拉舍夫斯基小组共 34人（其中包括著名作家陀思妥耶夫斯基）被捕，这个小组遂告解体。——注释为引者所加，下同。

② 19世纪中期，俄国知识分子对俄罗斯民族和国家的前途与命运的深入思考导致激烈争论，俄国思想界出现了“西欧派”和“斯拉夫派”两大分歧的阵营。西欧派主张全盘西化，认为西欧的文明就是俄国和整个人类的未来，因此俄国应该走西欧列强的发展道路，废除农奴制，发展资本主义，给人们普遍的言论自由，该派的代表人物有安年科夫、卡维林、别林斯基、赫尔岑等；斯拉夫派则主张退回到宗法制去，认为俄罗斯有着独特的历史道路和使命，它具有丝毫不亚于西欧诸国的文明，俄国不需要任何改革，贵族与农民、君主政体和东正教会等等之间的和谐将使俄国在欧洲和世界中保持自己的优势，此派的代表人物有霍米亚科夫、阿克萨科夫兄弟、基列耶夫斯基兄弟、陀思妥耶夫斯基等。但两派都主张废除农奴制，也全都呼吁废除农奴制。

管这首诗并没有隐藏主观情感，但其情调是匀称和谐的，
田园诗式的。[①]

但当时更吸引我的是书中所选迈科夫的那首诗《遇雨》。见惯了当代青年在恋爱方面希特勒式的闪电战，突然遇到这么一首典雅、慢节奏的古典式爱情诗，诱发了我心灵深处的古典式情怀。我一直认为，人生是一个过程，人生的一切也都是一个过程。既然一切都是一个过程，那么，适当延长至少任其自然发展，并且好好体会，甚至品味这个过程就十分重要。恋爱是人生中最精彩也最难忘的一个过程，闪电式的速战速决省略了许多环节，人生的许多兴味、许多乐趣也就因此被删减了。古典式爱情尤其是古典式生活却任其自然，并且慢慢品味这一自然过程，因而活得轻松，也活得自在，活得诗意。迈科夫这首诗表现的正是古典式爱情的诗意体会：一对青年男女，相识相爱已经很长时间了，但过于古典也过于纯洁，还没有拥抱过 更没有现代爱情中常见的“kiss”。一次，他们相约出去漫步，没想到骤遇雷雨，只好躲到大树荫下，经历了无限的欢欣与惊恐，没想到突然一个惊雷，女孩子吓得扑进男孩子的怀中，早已渴望拥抱恋人的男孩子终于如愿以偿，不禁喜出望外高呼“天赐的甘霖”……不过，当时我觉得飞白先生的翻译虽然很好，但缺少了一点青春气息，正好他在书中又附有《遇雨》一诗的俄文原诗，于是，我情不自禁地对这首诗进行了翻译，自感更能表达青年人特有的那份诗意与惊喜的心态：

还记得吗，没料到会有雷雨，
远离家门，我们骤遭暴雨袭击，

① 飞白著译：《诗海——世界诗歌史纲》，传统卷，漓江出版社，1990 年，第 704—705 页。

赶忙躲进一片繁茂的云杉树荫，
经历了无穷惊恐，无限欢欣！
雨点和着阳光淅淅沥沥，云杉上苔藓茸茸，
我们躲在树下，仿佛置身于金丝笼，
周围的地面滚跳着一粒粒珍珠，
串串雨滴晶莹闪亮，颗颗相逐，
滑下云杉的针叶，落到你头上，
又从你的肩头向腰间流淌……
还记得吗，我们的笑声渐渐轻微……
猛然间我们头顶掠过一阵惊雷——
你吓得紧闭双眼，扑进我怀里……
啊，天赐的甘霖，美妙的黄金雨！

第三次与迈科夫的诗歌相遇，是在2006年以后。2006年，我成功地申报了一项国家社会科学基金课题《19世纪俄国唯美主义文学研究——理论与创作》。这是一项难度极大的课题。首先，俄国和英美学者都还没有开始对整个19世纪俄国唯美主义文学进行系统的研究，把理论与创作全部涵括其中的研究更是空白；其次，19世纪俄国唯美主义文学从理论到诗歌几乎没有中文译本！这就迫使我老老实实地大量阅读、精心挑选并翻译19世纪俄国唯美主义文学作品，尤其是诗歌作品，其中当然包括迈科夫的作品。我当时阅读的是两卷本俄文版迈科夫诗集，首先是仔细阅读挑选作品，然后才是翻译和慢慢加工打磨。几年下来，我翻译了迈科夫抒情诗100多首，集成了现在这本《迈科夫抒情诗选》。

在翻译的过程中，我对古典式的作品有了更深刻的认识。固然，我们是现代人，现代人当然有现代人的情感和困惑，有与之适应的更现代、更复杂的艺术表达技巧；但达尔文的进化论并不适用于艺术，艺术并不存在所谓的“进化”。中国的《诗经》，印度的两大史诗《摩诃婆罗多》和《罗摩衍那》，古希腊的神话、诗歌、戏剧，尽管都极其古老，但依旧具有永恒的艺术魅力，并且是人类童年那种不可复制、也无法模仿的独特艺术魅力。而且，物极必反，我们当前极力追求艺术的现代性、复杂性、隐晦性或含混性，但说不定哪一天又会返璞归真，重新迷恋上古典式的朴实、简洁和明朗呢！迈科夫的抒情诗那种朴实、优美和富于绘画美，那种古典情趣和古典式的优美，在某种程度上恐怕更是混乱、复杂、极力追求实用的现代人心灵深处所向往的美梦和遥不可及的彩虹！

这本《迈科夫抒情诗选》后面有一个译后记和一个附录。译后记是译者大量阅读、挑选、翻译迈科夫诗歌后对其颇为深入、系统、全面、同时也颇为客观、公正、更富现代色彩的介绍；附录是俄国学者斯捷潘诺夫在20世纪50年代所写关于迈科夫的介绍。斯捷潘诺夫所写的迈科夫介绍，资料较为详实，有助于广大读者更好地了解迈科夫。但这篇序言带有当时特定时代左的意识形态痕迹，不过由此也可以让读者了解到迈科夫这样一位出色的诗人兼画家为何长时间在中国不为大众所知，对其诗歌的单行本译介为何直到今天才开始由中国友谊出版公司拉开序幕。并且更可以由此看到时代的发展变化以及人们审美观念相应的发展变化，追求美、追求艺术形式之美，这是人的正常而健康的天性，更是艺术家的天职！

最后，利用这个机会，我要对北京大学的顾蕴璞老师表示诚挚的感谢，因为2013年我在中国友谊出版公司出版的《费特抒情诗选》，更因为过去20多年里的许多事情。

1993年，我到北京大学俄语系做访问学者。当时，我的导师彭克巽先生回台湾探亲，我暂时没人指导，而我的时间仅仅只有一年，短暂而宝贵，而我又特别希望在这一年时间里能有更大的收获。于是，我就到俄语系去找课听。猛然发现，有顾老师上的俄国诗歌课！而他是我早就喜爱和钦佩的学者和翻译家，于是，便找到教室去听他的课。课间休息时，我向他做了自我介绍。他听说我研究丘特切夫，很感惊奇。因为他1992年才从莫斯科大学做高级访问学者回来，当时俄国学者也因为丘特切夫极富哲理深度和现代技巧而研究者不多。他当即问我写过什么关于丘特切夫的文章，正在写什么文章。我一一向他做了汇报，并告诉他，我最近完成了一篇论文：《俄罗斯诗心与德意志文化的交融——丘特切夫哲理抒情诗形成的原因》。他马上眼睛一亮，问我是否已投给杂志，我说还没来得及。他说，我是《国外文学》的编委，你这篇文章很好，我愿意推荐到《国外文学》发表。我真是喜出望外，很快就把论文交给了顾老师。这篇文章不久就在《国外文学》上发表了。对一个素昧平生的后辈，一个全然外来、毫无关系的学生如此爱护、帮助，顾老师这种关心学术、关爱后辈、帮助和提携后辈的精神，对我此后的人生有重大影响。后来，他又主动推荐了我的另一篇论文《在诗意的自然中探索人生之谜——丘特切夫对屠格涅夫的影响》，发表在1994年的《外国文学研究》上。

1994年春天，顾老师给俄语系的硕士生开了一门俄国诗歌翻译课，我也去听课。一次，他布置作业，让我们翻译费特的名诗《呢喃的细语，羞怯的呼吸》。没想到，我做的这个作业得到顾老师较高的评价，还在课堂上朗诵。我因为多方面原因被压抑的诗歌翻译的激情（早在20世纪八十年代初，我在读大学时就曾翻译过阿布哈兹诗抄和屠格涅夫的抒情诗，八十年代中后期读硕士研究生时，又曾翻译过沃罗宁的多篇小说、阿斯塔菲耶夫的《俄罗斯田园颂》，以及关于古米廖夫、丘特切夫的多篇论文，并曾在《新创作》、《文学月报》、《俄苏文学》等刊物上发表过诗歌、小说、论文等翻译作品，还曾获过《俄苏文学》首届翻译比赛三等奖），从此一发不可收拾。1994年7月回家后，一连几年，每天晚上不看电视也不出门聊天，好几小时坐在书桌前专心翻译费特和尼基京的诗歌。这样呕心沥血，好在几年下来，翻译的诗歌也积累了两百多首，并且在《国外文学》、香港《大公报》、台湾《葡萄园》等海内外刊物上发表了数十首。这段时间的翻译工作，不仅使我积累了不少的翻译作品，而且也使我积累了不少翻译经验，特别是使我爱上了翻译，为我后来走上翻译之路，打下了牢固的基础。不过，从我这些为数不少的诗歌翻译出来之后，顾老师也就跟着添了一件心事：看了我的译诗，他评价很高，从此一直操心如何让它们出版。十几年的时间里，他多次向好几个出版社推荐我翻译的《费特抒情诗选》，可惜都未能成功。一直到前两年，经他鼎力推荐，中国友谊出版公司以敏锐的眼光和突出的魄力，接受了这本书稿，这才终于使我的《费特抒情诗选》成功地与广大读者见面了。

人生在世，要活得有滋有味，首先，当然需要有一种诗意的情怀、诗意的眼睛，并且不断奋斗、不断开拓；其次，还有一点十分重要，那就是应该懂得感恩。人必须认识到，自己所取得的每一项成就，除了个人的努力和天分外，还要感谢他人的帮助——我们的亲人、老师、朋友，没有他们的关心、帮助，也许我们就什么事都做不成。而懂得感恩，使我们终生富有责任感，总是想着以怎样的方式来报答让我们感恩的人，于是你就会珍惜时间、爱惜生命，兢兢业业地做好工作来报答这些关爱、帮助你的亲人、老师和朋友。而且，每当你取得一点点成就时，你都会感到有那么多的亲人、老师、朋友在为你高兴甚至自豪，那么你的快乐就又多了好几倍！感恩的心让世界充满真爱，充满温情，充满和谐！愿我们每一个人都有一颗感恩的心！

2014 年 4 月 21 日天津华苑新城揽旭轩

迈科夫抒情诗选

回忆

遗忘的练习簿上被遗忘的文字！
让我经历过的一切又重现眼前；
可奇怪的是，在过去的情境中认知自己
我又一次感到亲切也觉得难堪……
旅行者经过多年的风风雨雨，
终于来到慈父般的和平屋宇。
荒草早已湮没了房屋的篱笆，
台阶旁系狗的绳子早已被遗忘；
花园里的玫瑰丛中已有荨麻在安家，
就连燕子也把巢筑在窗棂上，
但他突然觉得一切都沉入静谧，
往昔居住的灵魂依然生活在这里。

1838

梦

当阴影像一团团透明的云烟
在堆满干草垛的金灿灿田地里漫延，
在蓝幽幽的森林里，在湿漉漉的草地上漫延；
当水汽柱在湖面上白光闪闪，
天鹅在稀疏的芦苇丛中慢悠悠地摇晃，

披着轻睡的衣裳，倒映在水面上，——
这时，我走进自己心爱的草房，
金合欢和橡树在四周围成高墙；
就在那里，在约定的时刻，安详的女神，
和蔼的微笑溢满双唇，
头戴闪烁的星星和暗色虞美人草编成的花冠，
从神秘高空，沿着空中道路翩翩降临到我面前，
她把淡黄的光辉洒满我头顶，
又用手轻轻蒙住我的眼睛，
撩起头发，头朝我下倾，
轻轻地吻我的嘴唇和眼睛。

1839

我窘困地走进这被遗忘的宫殿……

我窘困地走进这被遗忘的宫殿，
往昔金碧辉煌，而今冷梦漫漫，
笼罩这思想统治和帝王娱乐的地方。
万事皆空。时间是关于灭亡的规章，
在这里闪光的一切丰功伟绩都将暗淡无光！
大理石的拱廊静默已凝结成霜；
雄伟的柱廊雕刻着古老的花纹，
四周是高大茂密的云杉，置身
古老椴树和金色合欢的浓密绿荫，
女神的雕像和美人的塑像光闪如银。

铜狮嘴中喷出的哗哗喷泉归于沉寂；
光秃秃的树干上挂着一片宽阔的叶子
随风摇曳……啊，在沉睡的林荫道上
可有一群温柔的美人儿，华丽的马车车铃叮当？
定音鼓的咚咚和宴会的喧哗早已远逝，
就连砰砰的枪炮射击声也早已停息，
然而，和平，这不为人知的新神就像
神奇的梦，迁进了早已被遗忘的殿堂！

1839

赫西俄德

在那些逝去的日子，那些怡然自得的快乐日子，
牛奶和蜜从神山潺潺流淌，
流到神圣的奥尼亚柔滑的谷底，
这神赐的玉液以神奇的力量，
哺育了幼儿时期的众神；
于是一群年轻的女神，
轻捷地离开金色的群星闪耀的赫利孔山，
手臂交叉，放在宁静的摇篮前，
环绕它歌舞，用玫瑰花冠加冕，
在瀑布轰鸣的繁茂橡树林中，
孩子们把神赐的美味佳肴尽情享用，
他们的幼年时光其乐融融……
歌手早早弹起了竖琴：

树林和瀑布听得停止了歌吟，
泉水女神浮出水面，羞怯地凝神细听，
金色的雄狮也在歌手的脚下垂头静聆。

1839

诗人的思想

哦，诗人的思想！你自由无羁，
仿若哈尔库俄涅[①]的自由之歌，
你自己为自己制定法则，
你本身就和谐匀美如一！
是谁要告诉闪电：
不要把夜幕撕成片片飘萍，
是谁要告诉山鹰：
不要在空中展翅盘旋，
不要自豪地仰望太阳，
也不要沐浴着玫瑰色的霞光，
抖开自己黑色的翅膀
在海面哗哗击浪？

1839

① 希腊神话中的翠鸟。

诗

热爱吧，热爱嘉米娜[①]，为她把神香点起来！
因为她，生活变得丰富多彩；
因为她，我们才变得异常可爱；
天空的景象，异教色彩的忒提斯，
法利诺硕果累累的葡萄园，
派斯同[②]的玫瑰，在赤日炎炎的日子，
布兰杜济的水晶，那个世界十分凉爽，
还有古罗马神圣的庞大殿堂，
以及萨宾人村庄清晨的袅袅炊烟。

1840

怀疑

就让人们去说——诗歌是梦想，
热病中的心灵说出的毫无意义的梦话，
诗歌的世界空幻而虚假，
美——就是模糊的空中楼房；
就让航海家的远航中
没有危险的女妖塞壬；

---

① 古罗马司科学和艺术之神，相当于古希腊的缪斯。

② 又名波塞冬尼亚，公元前6—9世纪的城市，位于意大利西南海岸，塞尔河河口附近。

茂密的森林中
没有护林女神；
清澈透明的小河中
没有金发的女河神；
就让宙斯掌中没有
战无不胜的闪电，
赫利俄斯[①]也没有
夜间去往忒提斯的紫红宫殿；
但愿如此！然而，正午时分，
树叶的沙沙声是如此满蕴神秘，
小溪的潺湲声是如此优美动人，
大海的絮语声是如此富含深意，
白天的太阳满怀爱意
亲抚着大海的深渊，
月亮的面影却如此神秘，
心灵凝神细参
这所有的神秘语言；
你会情不自禁地把这些见闻
点化为生活之美，
你是否还不相信
这些可爱的谬悖！

1839

① 古希腊神话中最早的太阳神，后与阿波罗混合。

冬日清晨

天气寒冷。雪吱吱地响。田野上空白雾弥漫。
茅屋上升起了一团团清晨的炊烟，
在天空似火红霞的琥珀色余辉里氤氲。
我沉思地看着光秃秃的树林，
初雪像毯子覆盖了所有屋顶，
凝固的河面平滑如镜，
冉冉升起了红艳艳的太阳。
雪的白银闪射出紫红的光；
结晶的霜花，就像雪白的绒毛，
缀满死灰色的枝梢。
我喜欢凝视玻璃上奇美的花纹，
用每一幅新的图画爽目怡神；
我喜欢静静地欣赏，乡村
怎样快乐地迎接冬天的清晨：
在平坦的冰层和光滑的河面，
冰刀尖声吱吱作响，闪耀出金星点点；
猎人们滑雪急急奔向茂密的森林；
茅屋里干树枝噼啪燃烧，满屋如春，
渔夫坐在火边修补撕破的渔网，
他望着坑坑洼洼密布的玻璃窗，
忆起了甜蜜的往日情景——
伴着朝霞初升，天鹅发出阵阵叫声，

伴着雨暴风横，水面波翻浪卷，
伴着夜深人静，在庄稼地保护下的海湾，
收获了鱼儿满舱，令人欣幸，
一直到月亮露出她沉思的眼睛，
给沉睡的无底海面镀上一片金光，
照亮了渔夫正在升起的大渔网。

1839

芦笛

这是干燥但声音响亮的芦苇……
善良的潘！小心翼翼
用细线重新编配
把它制成一支芦笛！
手指依次缓缓移动，
让我分享悠扬的乐声，
他们的思想和感觉霞飞云腾，
不断下降又上升，
在炎热的金色午时，
为了我，让树林和山岭入睡，
水泉女神也离开林间小溪
被接入岩洞内。

1840

巴克斯

在那个葡萄覆盖的昏暗山洞里，
宙斯的儿子被托付给倪萨的山岳女神们抚育。
他从人间消失，也瞒过了众神，
在溪水的潺湲和芦苇的沙沙中长大成人。
只有温和的森林之神用神奇的芦笛
愉悦摇篮里安静的婴儿……
在森林女神们甜蜜的关怀下他多么快乐！
僻静的岩洞突然变得生气勃勃。
在那里，他身着雪豹皮，就像穿着帝王的紫袍，
带上提姆班[①]，拿着手杖，尽显神的风貌。
时而，滑稽地用啤酒花和常春藤缠住犄角，
逗得森林女神和萨提尔哈哈大笑，
时而，从弯曲的藤蔓上摘下一嘟噜葡萄串，
把它们编成花冠戴在头上为自己加冕，
或者笑着亲手挤榨琼浆玉液，
从金色的嘟噜中滴进响声银白的杯爵，
当四溅的野果汁射进
他的眼睛，他感到十分开心。

1840

① 古代类似罐鼓的一种乐器。

回声和寂静

从淡白的树上，秋风
扯下枯黄的树叶，小溪蒙上一层
闪光的薄冰，仿若薄薄的云母……
忧郁地徘徊在光秃秃的森林中，
在密林深处的橡树和云杉树荫，
我看见两个宁静地熟睡的女神。
风儿吹抚着她们浓密的头发，
吹皱、飘卷起她们绿色的外衣，
温柔地亲吻着她们火热的面颊。
突然从山那边传来脚步声，
犬吠声和猎人的号角声。
女神惊醒了：一个躲进灌木林，
她害怕那些喧哗声，在密林中藏身，
屏息敛气；而另一个女神
尖声狂笑着，飞速疾奔，
奔过一座座山岗，奔过一个个丘陵，
奔过一个个谷地，现在已到了山的那边，
声音越来越轻，越来越轻……终于消失了踪影……
然而，森林里久久地回荡着她的笑声。

1840

一切都在我心里滋养秘密的思想

一切都在我心里滋养秘密的思想：
荒僻的森林，那是黑暗居住的地方，
神秘的岩洞，从那里涌出一股股细流，
飞落到石头间，水珠四溅，叮咚作响，
时而如蛇弹射，时而如钻石之光
在干粗枝广的榆树根间潺潺流淌，
然后，冲过树墩和石头这些障碍物，
在高高的草丛中，深色的柳荫下奔突，
柳树根系涣散，但枝叶交缠……
我似乎看见在长满苔藓的密林里，
护树神女[①]戴着橡树叶编织的花冠，
苔草花环簇拥的老人墓碑上方，
西尔瓦努斯[②]带着编织筐篓的牧神，
还有性格温和的潘，他站在泉水边，
挂着一串串玫瑰花环和常春藤花环，
在荒僻黑暗的岩洞的入口旁散心。

1840

---

① 希腊神话中司保护树木的神女，希腊人认为她们与树木同生共死。

② 即罗马神话中的浮努斯，是罗马的森林和田野之神，畜群和牧人的庇护者。他喜欢逗弄和吓唬森林中的行路人，并且进入民宅，惊扰居民的好梦。他关心土地的肥沃和收成，具有预言的才能。

这个用可怜的苔草加冕的荒僻海岬

在这个用可怜的苔草加冕的荒僻海岬，
覆盖着衰朽的灌木林和翠绿的松林，
悲伤的梅尼斯克，年迈的老渔夫安葬了死于非命的儿子。
大海吞噬了他的生命，
把他纳入自己宽阔的怀抱，
僵硬的尸身被小心翼翼地冲回水湄。
在枝繁叶茂的柳树下，痛哭亡儿的父亲，
为儿子挖好了坟墓，还用石头砌好四围，
柳条编制的鱼篓挂在柳树上——
这就是令人伤心的贫寒简陋的纪念碑！

1840

（译自安德烈·谢尼埃）

我还是个孩子，她却已出落成美人儿……
我仍旧记得，她常带着纯真的笑意
呼唤我的名字！和她一起嬉戏玩耍，
我不止一次用小手弄乱她的卷发。
在艳丽的玫瑰和百合丛中，
我的手指滑过她的前额和酥胸，
但她在自己众多的崇拜者中，

总是经常爱抚我，而对其他人
则高傲地偶而抛去调皮而温柔的眼神。
她带着隐秘的嘲笑，赠我一个吻，
鲜红的双唇吻着我小小的嘴唇。
在寂静中羡慕天神的赠品，
在热烈的愉悦中身如火焚，
青年低诉："啊，白白丧失了多少贴心的温存！"

1840

八行诗

诗歌的和谐中有天神的秘密，
智者的书籍也无法猜破这个谜：
在静谧的河岸边独自徘徊，
心灵突然听见芦苇的低语，
橡树的交谈；感觉并捕获
它们那特殊的音响……于是
音调优美、节奏和谐的八行诗句
就自然流出，一如森林的欢歌。

1841

沉思

家神庇佑下的人快乐无忧，
他引领着时代潮流！

众神赐予他丰富的礼物：
他的牧场处处腾绿，赛里斯[①]使他的田地富足；
围抱着房屋的是枝繁叶茂的金合欢和橄榄，
池塘上方竖立着金字塔型的花环，
浓密的白杨冒出茸茸嫩芽，闪着银光，
葡萄藤每年临近秋天都会被多汁的果穗压弯身膀：
巴克斯[②]赐福它们……
对他来说，厄默尼德[③]毫不阴森：
他毫无惧意地等待厄瑞玻斯[④]的恐怖；
而现在他的手毫不踌躇
把祭天神坛上的鲜果、琥珀色的蜂蜜推翻，
环绕它们的，是玫瑰花串和桃金娘枝叶编成的花冠……
但我不愿过这种平静无波的生活：
它那节奏均匀的水流使我深感难过。
我隐痛在心，并时常渴求
既有暴风雨，也有惊慌和珍贵的自由，
让我的精神在不安分的斗争中变得坚强，
张开像鹰一样宽阔的翅膀，
面对普遍的恐怖，飞临山顶的冰雪上空，
坠入深渊，并隐没在天蓝之中。

1841

① 古意大利的女农神。
② 罗马神话中的酒神，即希腊神话中的狄俄尼索斯。
③ 希腊神话中的复仇女神。
④ 古希腊对黑暗的称呼。

在约定的时间……

在约定的时间，我在山洞等你。
直到天色渐渐黯淡；头睡意沉沉地摇晃，
白杨沉沉入睡，哈尔库俄涅[①]也不再发出声响，——
徒劳无益！……月亮升起，银光闪闪，又消逝；
夜色渐淡；刻法罗斯的情人[②]
把臂肘支在新的一天
鲜红的大门上，从自己的发辫里
纷纷掉落一颗颗珍珠般的金粒，
散落在蓝闪闪的森林和谷地，——
而你，仍然没有出现……

1841

奥维德

我孤独地被忘却在永久蒙雪的荒漠。
这里的一切都和我诗歌的韵律格格不入，
也没有一个人会对它有片刻的思索，
它无法在任何人心里激起回声留下感悟。
我究竟为何歌唱？我究竟为了什么

---

① 又名阿尔库俄涅，是埃俄罗斯的女儿，刻宇克斯的妻子，后来化为翠鸟。
② 刻法罗斯是希腊神话中俊美的猎人，是晨光女神厄俄斯的情人。

斟字酌句，用母语写成格律严整的诗？
谁会去诵读它们，理解它们？……啊，我知道了，
风儿将把它们带到空荡荡的岸边去！
只有回声会重述我的梦想和痛苦！……
但我沉浸在自己编造的谎言中倍感快乐，
我渴望听到亲爱的祖国的传呼，
我大声朗诵自己的哀歌，
像孩子似地想象着，这是朋友的声音，
我已身处朋友之中……呼唤着他们的名字，
这不——我仿佛看见，那些看不见的客人，
已坐满这炊烟袅袅的陋室。

1841

艺术

我在喧嚣的海滨为自己砍下一根芦苇。
被遗忘的它沉默地躺在我简陋的茅舍里，
一次一个过路老人顺便借宿住在茅舍，
看见了这根芦苇。（他深感惊异，
在我们这种偏远地方竟有如此奇异的东西。）
他截下一段，凿出几个小孔，让它紧贴唇边，
生气勃勃的芦苇突然歌声飞起，
有时，海边活跃起来是多么神奇，
只要微风在水面轻轻荡起涟漪，
苇杆就会摇晃，乐声在海滨四溢。

1841

墓志铭

在这儿，在悲痛的山谷，在宁静的居处，
　　土地接纳了我们：
世界上贫穷的居民
　　在家乡的怀抱安度晨昏。
苔藓很快就会遮盖墓上的铭文，
　　并且抹去姓名；
然而，对于时间来说，死亡无能为力，
　　思绪装满回忆，
从深深的心底
　　喷出甜蜜的泪滴。

1841

沉思

和平宁静的生活——是灿烂美好的光阴；
惊恐不安的生活——是初春的大雷雨。
那边——阳光闪耀在炎热的橄榄树荫，
而这边——雷声隆隆，电光闪闪，泪珠滴滴……
啊！给我春天大雷雨的全部华丽，
还有那绢绵的眼泪，既苦涩又甜蜜！

1841

我知道，为什么神秘的思忖

我知道，为什么神秘的思忖
在这些岸边会激动航海家的灵魂：
那里有披头散发的忧伤女神，
像苔草半开半闭，发出歌吟，
有时歌唱自己齿如珍珠，秀发如丝，
泪水盈盈的眼睛蓝丽，
还有充满单相思的心一颗，
独木舟是否会来——让航海家着魔，
他凝神细听她的歌声，停止了划桨；
她已停止歌唱——然而在路上
他似乎觉得歌声在水面氤氲，
芦苇丛中有披头散发的女神。

1841

我的孩子，美妙的日子已远逝

我的孩子，美妙的日子已远逝，
椴树、丁香、百合芬芳袭人的季节早已离去；
夜莺不再欢唱，也听不到黄鹂的歌声……
算了！给你编织华美的花串已无可能，
也无法再把勿忘草做成花冠戴在头上；
黎明时早不再有朝露闪闪发亮，

夜色深沉也无法看到它的踪影，
多么轻柔的雾气在湖上飘萦，
点点繁星把湖面当做照影的明镜。
山岩上的帚石南和花儿不再五彩缤纷，
岩缝间的苔藓上毛茸茸着一片初雪。
而你，我的朋友，一如既往：活泼机灵，可爱亲切……
当你一路飞跑，满脸通红，略带倦意，
闯进我偏僻的小屋，带进一股寒气，
哈哈大笑着抖落卷发上的雪花，
响亮而温柔地吻我，我不由笑满双颊。

1841

让野蛮的西徐亚人双眼充血……

让野蛮的西徐亚人双眼充血，
去疯狂地搏杀，陶醉于大吃大喝的宴饮——
朋友们！远离这些嗜血成性的野人，
他们习惯用血把自己染成葡萄酒的甜蜜绯红……
在宴会的酒杯和火炬中飞出作战的标枪！……
快说，我们在哪里？……这多么疯狂！
别再争论了！请安静吧，朋友们！
仇恨就在杯中，喝得越多，仇恨就越深，
骄傲而沉重地枕好智慧的头颅，
温和地高卧并发出歌声阵阵。

1841

奥林波斯山的女神缪斯

奥林波斯山的女神缪斯，
把两只嘹亮的长笛
交给了森林的保护神潘和光明之神福玻斯。
福玻斯吹响神笛，
无生命的苇杆中
神奇的声音飞溢。
四周温顺的河水凝神细听，
不敢用淙淙水声惊扰乐声。
风儿在古老橡树的叶子间沉沉入梦，
绿草鲜花树木被乐声感动，
纷纷泪流满面；
害羞的森林女神听到这乐声，
怯生生地藏到西尔瓦努斯[①]和浮努斯[②]中间。
歌者结束了演奏，驾起火红的马儿驰骋，
披着红紫紫的霞光，坐在金灿灿的马车上面。
可怜的森林保护神极力回想这神奇的乐声
并让它们在自己的长笛中重现，但只枉然：
他吹奏出一个颤音，但却是浊世的颤音！
他愁闷满胸……
伤心的狂人啊！你可是打算

① 罗马森林之神，同浮努斯没有什么明显的区别，和潘混同，常被描绘成一个老人的形象，但却具有青年人的活力和力量。

② 罗马的森林和田野之神，畜群和牧人的庇护者。

让天堂复活在这凡间？

请看：森林女神和浮努斯笑盈盈，

带着嘲弄的目光在倾听。

1841

酒神女祭司

羯鼓和长笛的乐声，还有酒神节的喧闹声，

打破了绵绵群山和树林的沉沉梦境。

我运动得筋疲力尽，躲进树林的黑暗中；

而那里，铺满了苔藓的柔软天鹅绒，

黑暗的岩洞前，年青的酒神女祭司，

身体半裸，垂手俯身，在休憩。

阳光照耀着火热的脸庞和大理石般的胸膛，

树叶的影子也不时滑过，轻轻晃漾，

她那戴着奇异草和常春藤的秀发

像顽皮的溪流在虎色皮肤上飘挂；

还有弯曲的酒神手杖，和金色的酒杯……

葡萄在她胸口呼吸得多么香美，

多么红艳的嘴唇，多么顽皮的微笑，

喃喃细语着，满怀苦闷，情火高烧！

周围的一切是多么宁静！

只听见远处羯鼓和长笛的乐声，

还有酒神节的喧闹声……

1841

萨福

1

为什么我把桂冠
戴在自己头上，
又把七弦琴装饰着桃金娘？
是的！先知艾比达富尔曾预言
我注定要吞吃苦果：
亲爱的朋友，你背叛了我！
你拜倒在别的美女脚下，
沉迷于新的激情，
她已将你牢牢掌控，
你说，你还能有什么造化？
什么也没有，没有思想，没有情感，
你无法跨过她那冰冷的界限；
她眼中那非理性的激情火焰
不会带来星光灿烂，
于是便羞怯地黯然消散。
即便一件宽大的袈裟，
突然间披上了你的双肩，
也不要随便拿掉一绺卷发，
但要拿掉秘密的欺瞒。

2

当夜以自己的厚呢斗篷
罩住雾蒙蒙的东方，
神圣的塞浦里斯之星，
我爱看你冉冉升空。
你那闪闪发亮的灯，
金光照亮了我们进餐，
巴克斯坐在那里，身穿虎皮，
手拿冒泡的酒杯在当主席。
你把和平宁静带进橡树林，
护树神女胆怯地在那里飞跑，
紧追在她身后的是热恋她的林神。
你闪烁的金光诱导
菲罗墨拉[1]在河上唱出赞美的歌声，
爱情的幻想和柔情
在你的光辉里更加可爱，
两双眼睛相望对看，
你的衣着轻巧自在，
进行着温文尔雅的交谈。

1841

① 希腊神话中受忒柔斯蹂躏的女子，死后变成夜莺。在诗歌语言中，菲罗墨拉常比喻作夜莺。

浅浮雕

这无生命的银块
把它熔炼锻锤
就能为我做出来
一只大容量的精致高脚杯。
无论塞浦里斯[①]的白鸽，
无论大母熊，也无论一代大贤，
都不要雕刻在杯身两侧。
请雕刻：在荒僻的花园，
在藤蔓丛中，一群酒神的女祭司，
正在起劲榨取
成熟的葡萄汁，
枝叶翠绿，
金黄多汁。
聪明的孩子，
围坐在酒桶旁，规规矩矩；
浮娜[②]前额显出醉意；
巴克斯身穿虎皮
与满脸通红的西勒诺斯[③]骑着趔趔趄趄的驴子。

1841

---

① 是希腊神话中爱与美神阿佛洛狄忒的别名，她的祭品是鸽子。

② 罗马的森林和田野女神，浮努斯的女性体现。

③ 精灵，赫尔墨斯的儿子，狄俄倪索斯的养育者和教师，古代人认为他是一个经常喝醉的、快乐的、心地善良的秃顶老人，胖得像他那只时刻不离身的酒皮囊一样。由于老是酗酒，他通常不能自己走动，让萨提洛斯们搀扶，或用毛驴代步。他爱好音乐、唱歌，能预见未来。他的标志除了酒皮囊外，还有高脚酒杯、常春藤冠、酒神杖、毛驴（有时是豹）。

贺拉斯

1

人们对我说：谁的独木舟划到了这岩礁边？
这个青年是谁，头上的玫瑰花冠火一般红，
在灌木丛中藏好独木舟，飞跑上峭岩，
在石洞终于和你紧紧相拥？……
他是多么幸福！……爱在他眼里灼灼燃烧！……
但他少不更事，不知道大海是多么变幻不定！
它起劲闪烁着一片欺骗的光芒，
一如女人，暧昧而虚伪！
你黄金般的话语——它那大船的翅膀。
他试图找到爱情和极乐之美，
然而，我的上帝！他没听到暴风雨正在逼近，
狂怒的大海的暴风雨和可怕的爱情的暴风雨！
可对我而言，这些暴风雨早已徒具虚名：
我已走到岸上，走进了庙宇，
在拯救的神坛上恭恭敬敬
向自己的上帝献上花串，并挂好湿衣。

2

比小鹿更轻盈，年轻的你

跑离我身边。
树叶是否正在喃喃细语，
微风是否正飞快地掠过水面，
抑或在那灌木丛里
传来蜥蜴爬行的沙沙一片——
它满怀恐惧，
小腿弯曲，目光灼灼如火。
但我等待着，看你
在奔跑时回望恶魔，
放慢了步子，
突然间不知不觉紧靠我，
低垂下视线，忘记了恐惧，
用整个心灵倾听我！

1841

夜的静谧中我神秘地幻想什么

夜的静谧中我神秘地幻想什么，
昼的亮丽里我总是在思量什么？
这对一切都是秘密，甚至你，我的诗！
你，我轻浮的朋友，我日常的乐趣，
我不会告诉你心灵中翩舞的幻想，
否则你就会到处嚷嚷：
夜深人静时我听见了谁的声音，
我在满世界把谁的面孔找寻，

谁的眼睛让我春风满面，
谁的名字被我常挂在嘴边。

1841

忏悔

朋友们，我是如此浮躁！我枉自学习
控制自己：结果一切都是白费力气！
我是如此狭隘，都已没有了精神的容身之地……
当我懒洋洋的目光看见纯朴姑娘唇边的笑意，——
我不再是自己！塞涅卡、洛克和康德，请原谅，
你们古老巨著的尘封法典，
辉煌的面孔，宏伟的柱廊，
一连串著名的名字，无上荣光！
顽皮的幻想又来把我拜访，
于是苍白的面容出现，名字挂在嘴上，
懒洋洋的目光，甜蜜的愉悦荡漾，
蹦出沉思的哀歌中神秘的诗行。

1841

Е.П.М

我喜欢整日在山岭和岩石间度过……
不要以为此时我会思索

上天的仁慈，自然的庄严，
在这一种和谐中，我开始构思诗歌。
我漫不经心地观看
林中湖水静寂的水面和松林茂密的枝柯，
黄色的峭壁沉浸在忧郁的沉默里，
我漫无目的，懒洋洋地看着
大雁，仙鹤和野鸭列队从田野飞过，
欢叫着潜入水底，
我下意识地望着水流对钓鱼竿轻抚慢拨，
忘记了散文和诗歌……

然而，远离这可爱的场景，
在深夜，我感到，这些可爱的幻影
浮现在我眼前，五光十色，云飞烟腾，
我向这些幻影致敬，
于是我了解了森林、梯形的远山茫茫，
湖泊……这时，我听到了
血液如何燃烧，神圣的喜悦如何在心中沸腾，
诗歌怎样定型，思想如何生长……

1842

题纪念碑

他早已学会熟练地吹奏多孔的芦笛，
笛音时而欢天喜地，时而满怀愁戚；

他歌唱小河的波光潋滟，
丰收的田野上波摩娜[1]的恩典，
年轻姑娘的爱抚和幽暗的山洞，
还有恋爱年龄那慌乱的心动。

1842

阿那克瑞翁

就让年老的爷爷
为敏捷的孙子们自豪吧，
这些勇士，带了大群俘虏回家，
还有战利品，证明大捷；
大海波涛起伏的美——
如飞向前的帆船；
民族的荣誉——是长老的智慧圈
闪耀着权力的光辉；
我的朋友，可对于我来说，
更可爱的是，在暴风雨和阴雨天，
在茅屋的温暖火炉边，
把橡树的大块树墩塞进炉里，
手拿沉重的大高脚酒杯，
一杯杯喝醉，话语也带着醉意。

1843

---

① 是罗马的果树女神，果园神维尔图努斯（能变成任何形状）的情人。“波摩娜和佛罗拉的礼物”意味着百花盛开，硕果累累。

在我那遥远的北方

在我那遥远的北方，
那个夜晚，我永生难忘。
我们两人默默观望
婀娜的柳枝轻拂池塘；
远处的月桂树林青翠欲滴，
夹竹桃花开得灿烂耀眼，
桃金娘叶茂枝繁
在我们头顶像密不透风的墙壁；
高高的山峰绿意盎然，
金灿灿的尘埃中腾起一片轻雾，
桥渠渡槽和古代遗址的废墟，
仿佛漂浮在远方的水面……
面对飞瀑轰鸣，
面对夕阳似火，
你陶醉地对我说：
“我们真该在此共度一生……”

1844

啊，多么奇美的天空……

啊，多么奇美的天空，在这真正古典的罗马上方！

置身这样的天空下，人都会情不自禁地变成艺术家。

自然和人在这里完全是另一番模样

　　仿佛古埃拉多斯诗选中卓越诗歌的图画。

啊，请看：白色的石头上彷如悬挂的斗篷或帷幔，

　　漫长的常春藤枝繁叶茂就像篱笆，

在两行柏树中间，是蓝中透黑的壁龛，

　　从那里可以看见特里同丑陋无比的脸颊，

冰凉的口水从嘴里哗哗流下，跌落地面。

　　靠近雪白的喷泉（啊，阴影遮蔽了它的部分光华！

一如红色紧身衣衬出那美好的体态！）

　　放着带把的高水罐，一动不动地等待

水会很快注满它，

　　用手抱起带把高水罐

它全身洒满了熠熠晚霞……

　　艺术家（应该是德国人）

赶紧对它们进行赏心悦目的描画，

　　以便由此给绘画提供意外的情节，

他完全不假思索，而我此时只画下

　　这一片奇妙的天空，绿油油的常春藤，

雪白的喷泉，和特里同凶狠丑陋的脸颊，

　　甚至整个的他本人，从头顶到脚下！

1844

幸福的人儿

哎，爱我吧，无须思虑，
无须忧烦，无须致命的臆测，
无须责备，也无须捕风捉影的猜疑！
还有什么可想？我属于你，你属于我！

忘掉一切，抛开一切，全身心投入我怀里！……
请不要这样忧伤地望着我！
更不必费神去捉摸我的心思！
整个儿投入我心中——就行了！

爱无法计算，也无法测量；
不，我的爱就是我整个心灵。
我爱着——我欢笑，我发誓，我景仰……
哎，我亲爱的，生活真是乐融融！

相信爱情吧，幸福不会一闪即逝，
像我一样相信吧，哦，你这高傲的人，
我和你永生永世决不分离，
我们的亲吻也永生永世无穷无尽……

1845

艺术家（115）

你放下画笔，忘记了调色板和颜料，
你诅咒罗马和白里透紫的群山，
你对面孔黝黑的姑娘不屑一顾；
从深夜到早晨醉饮在小酒馆。
愁眉苦脸，像我们祖国……罗拉满脸通红，
徒劳地猜测，你为何痛苦不堪，
望着你的双眼，偶尔捕捉到你梦中的梦呓。
为什么？不把罗马变成你的画面？
为什么？纯净的空气没有漫溢在绿叶间？
林荫道上是否滑动着太阳那轻盈、顽皮的光线？
群山不是穿上了正午薄雾的衣裳？
动手吧，艺术家！自然的秘密你了然心间！
你要想想绘画——你怒气冲冲，
把沉甸甸的思想放进心田。

1845

古罗马

我见过古罗马。满目凄凉的废墟里，
有神庙，有宫殿，全都已芳草萋萋，
有平整的长方石板铺成的古老路面，

凯旋门下的一道道车轮痕迹，
朦胧月色中，半损坏的科洛西姆大斗兽场，
一串串拱廊庞大无比……
这里，一堵堵墙壁间爬满了常春藤，郁郁青青，
在集会场的遗址上，几头长角的牛儿，
站在大车旁，被系在科林斯式柱子上，
——我窘困不堪地阅读了你的全部历史，
啊，罗马，打从摇篮时期开始，
我的精神就沉浸在你甜蜜的欢乐里。
像牧人在茫茫荒野中的岩石上
独自寻找巨人的深深足迹，
虔敬地瞻望，满怀惊惧，
他暗自思量：不是人而是神途经此地，——
作为平凡一代的可悲后裔，
我们的心灵早已僵死，我们是精神的乞丐，
我们认为你那伟大的世纪本身就是一个寓言，学校里的演讲教师
是你这个天才的缔造者！……
我们发现，别的一些人曾经过这里，
并在土地上刻下了自己不朽的印记——
在灾难中，在战斗中，在元老院，建立的丰功伟绩，
在善行中，在腐化中，建立的丰功伟绩！
你灭亡了，却是一种活着的灭亡……就在陷落时，
你也依旧保持着自由，
你抛洒热血舍弃家园，捍卫自由的旗帜，——
元老院向固执而任性的人民鞠躬致意……
…………

你就这样结束了……就让那些家族带着宇宙所有
前所未闻的暴行和恶习，
紧跟在你镀金的车轮后边
像狡猾的蛇爬进你永恒的城市；
而豪勇的声音不再能打动人群；
就让它亲吻李锡尼的遗体；
就让李锡尼谦恭地舔着
克劳狄安的平底鞋打在自己胸部的痕迹；
就让泪珠在他的塑像前的祈祷中纷纷下滴——
他被赐予漫山遍野的丰收粮食
并把它们平安运抵法院的码头；
你那经过战斗考验的强大精神力，
寻求忘却……你应觉得这合情合理。
不，古代的骄傲并未在心中磨灭，
老头教给自己的儿子们获取毒药的法子：
“趁着年轻——要拥有常春藤和葡萄！
高耸入云的宫殿；成群的歌女舞女，
一群群烈马，一辆辆快车，
恐怖的景象，流血的场面，痛苦的局势，
在骨骼上的观察，酒宴上作出的决议，
最终耗尽世界能赠与我们的一切东西！
喝下满杯的幸福与快乐，
庆祝自己人生道路应有的胜利，
在与死神的斗争中体验精神的力量，
把朋友召集到身旁，让他们与你血脉一体，
阅读宇宙这本书，了解命定死亡的意义。”

1845

我爱，当你满怀爱意地发现

我爱，当你把脑袋轻轻靠在我肩上，
垂下目光，满怀爱意地望着我，
试图猜出我的心思。我情不自禁地紧偎你，
并把目光转向你，与你的目光汇合；
我们默默无言相视微笑，似乎在这甜蜜的静默中，
我们的思想融成一体，用微笑和目光诉说了许多。

1850

被忧伤弄得难受，哭成泪人儿

被忧伤弄得难受，哭成泪人儿，
　　你睡在我怀里，像个小孩子：
在你温顺的脸庞，最后的思绪
　　随着未拭去的一滴眼泪在颤栗。
你睡着了，带着对我的无声责备，
　　因为我对你的眼泪置之不理……
眼下不知为何你正在梦中微笑，
　　似乎发觉我正忧伤地望着你，
静静地把你抱在怀里，像个小孩子，
　　像你一样痛苦，也想哭泣？

1851

致青年

青年们，你们要更谦淡！
多么热情！更活跃一点
交谈——我们心灵的盛宴——……
您也像火药突发火焰！
决议是多么极端，
话语是何等粗蛮！

总不会喝醉！
刚一坐到桌边——却感到陶醉，
为什么会这样——你总是那么无所谓！
智者喝酒理性自觉，
他用光和嗅觉
鉴定酒的品位。

他悄悄丧失冷静，
思维活跃让思想大放光明，
心灵软化，满怀柔情，
控制住激情，愤慨，
感到老人可亲，少女可爱，
自己更是可意称心。

1852

阿那克里翁
——致冈察洛夫

在这收获葡萄的日子，
在大门敞开的花园里，
　　我们去参加巴克斯的节庆，
阿那克里翁老哥
把心爱的丘比特
　　牢牢捧在手中。

我们有许多青年，
朝气蓬勃，勇敢豪放，个个好看，
　　人人都口齿伶俐；
然而——葡萄酒在杯中闪熠，
我们发现——这个老头儿
　　让美人儿全都迷上自己！……

颤巍巍，醉醺醺，浑身筋疲力尽，
把玫瑰花冠罩在头顶——
　　是什么冲昏了他的脑袋？
而他们为我们一齐歌唱，
他随时都有爱情滋养，
　　我们却不懂得怎样去爱！

1852

风景

我爱徜徉于林间小道，
信步而行，随兴所之；
循着深深的车辙两条
前路无尽，漫漫逶迤……
绿林四周五彩缤纷；
枫树早已被秋天染成火云，
而云杉林依旧绿树荫浓；
金黄的杨树惊惶地抖颤，
白桦树叶飘落随风，
像地毯铺满了路面……
你走在上面仿若走在水里——
脚下哗哗直响……而耳中
传来丛林细碎的鼾声，那是
轻软的凤尾草正沉沉入梦，
而那一排排红艳艳的毒蝇蕈
就像童话里那些沉睡的小矮人……
太阳渐渐西沉……
远处的河水已金波荡漾……
磨坊里的水轮
早已在远方震响……
突然驶来一辆大车，
一会儿在夕阳下闪烁，

一会儿在绿荫中隐没……

一个老头催马前行，一路吆喝，

就在车上，坐着一个小孩子，

爷爷讲着恐怖的故事逗吓孙子；

一条看家狗毛茸茸的尾巴垂得低低，

吠叫着在大车前后跑来跑去，

到处飘传着一片欢乐的狺狺，

响亮了林中的黄昏。

1853

慈善家们

他们的午餐与众不同；

他们的血液流动着温暖，

他们对人的爱情

如火燃烧，无际无边。

他们——甚至不会杀死苍蝇！

这是上帝给他们的尘世职分！——

我甚至深深相信

他们互相爱得真诚！

1853

春天！探出第一扇窗——

春天！探出第一扇窗——
屋里突然闯进一片喧哗，
　　有附近教堂的钟声当当，
有人们的喁喁交谈，还有车轮轧轧。

我心里腾飞起生命和希望的彩蝶：
　　瞧——远方早已是清晰的一片澄碧……
　　我多想走进那辽阔的田野，
春天在那里一边庄严行进，一边把鲜花撒满大地。

1854

我的上帝！昨天——阴雨绵绵

我的上帝！昨天——阴雨绵绵，
而今天——却万里晴空！
阳光灿烂，鸟雀欢鸣！幸福金光闪闪！
草地露珠晶莹，丁香花开香浓！

可你还在懒洋洋地酣睡！
哦，小宝贝！……你请稍等！
我这就去采摘一束丁香花蕾，

花枝上露水清凉晶莹。

我突然把露珠洒向沉睡的你……
看到你嗔怪的神情
变成对新春的欣喜，
我感到甜透心胸！

1855

致冈察洛夫

别人的海洋和土地，
　　故乡中人们的面影——
在你美妙的故事里
　　这一切都在我眼前栩栩如生。

我们的北方平淡而可爱，
　　可爱，并且可亲，
而今又使我深感悲哀，
　　它突然好似监狱阴森，

命运的侮辱对心灵的重创
　　远甚于发烧的伤口，
金灿灿的梦想
　　在蓝晶晶的远方招手……

张开宽阔的翅膀在河上悠游，

　　飞进满是尘土和花岗岩的城市，

一只雪白的海鸥

　　逍遥在阳光灿烂的日子。

我们的双眼热切地留心

　　这意外客人的飞行——

仿佛此刻为我们

　　从海上吹来一阵清风。

1855

鹤群

从忧伤的思绪中清醒，

我从大地抬起眼睛：

在蓝幽幽的天穹

仙鹤成群地飞行。

鹤唳声声漫传遥远的天庭，

仿佛祈祷前教堂的钟声——

问候古老的森林，

问候熟识的茫茫波光水影！……

在这里，这些湖水，早已

全部流进森林，灌溉鲜绿的麦苗……

还有什么？一切足矣，
爱情和思考也不再需要……

1855

仿若灿丽春天里的鸽子

仿若灿丽春天里的鸽子，
你胸中温柔的快乐在飞腾，
也许整个心灵首次
久久充满了紧缩的激情……

然而，我却只想在这一刻享受
在寂静中沉醉于音乐的幸福，
一如阴雨天把阳光化为己有，
音乐也把我的心灵整个儿吞入。

我屏息敛气，以便不遗漏一个乐音，
我和你心灵都在颤动，——
我突然发现——你心里痛苦，不再吭声，
眼泪一滴一滴往外直涌。

你对我说出的哀求，
潜入你心胸，惊扰你心灵，
你说：幸福你无福消受，
它是否有完美的结局？你深感惊恐。

这又有什么？让暴风雨再次猛扑！
暴风雨过去，太阳又紧跟着跃出；
那时我们又衷心祝福
曾经的痛苦，和洒下的泪珠。

1855

夏雨

“金子，金子从天上往下掉！”
孩子们叫喊着，飞跑着追雨……
“别追了，孩子们，我们来把它们收集，
只有收集好一颗颗金灿灿的谷粒，
粮仓里才会装满香喷喷的面包！”

1856

刈草场

草地上弥漫着干草的芳香……
歌声令人心花怒放，
农妇们手拿草耙列队来回奔忙，
干草随风阵阵摇荡。

那边——在收集干草：

农夫们用干草叉把周围的干草
一一向身旁的大车上抛……
大车像房子，越长越高……

一匹瘦棱棱的公马等在旁边，
它一动不动地站着……
两耳竖着，腿儿微弯，
仿佛站着在小睡片刻……

只有那条活泼的看家狗，
在羊毛般松软的干草中，
时而钻入其中，时而朝上疾走，
又滚下去，发出气喘吁吁的吠声。

1856

秋天

林中湿漉漉的地面盖了一床
　　金灿灿的落叶被，
我鲁莽地用双脚踩脏
　　森林那春天的美。

我的两腮冻得通红：
　　在森林中奔跑真畅美，
听着树枝的劈啪声声，

　　用脚把树叶扒成一堆。

昔日的欢乐在这里已荡然无存，
森林已全然敞露自己的秘密，
最后一颗核桃也被摘净，
　　最后一朵鲜花也已零落成泥。

青苔不再往上攀爬，
　　毛茸茸的乳蘑不再成堆地钻出，
树墩四周也不再悬挂
　　越橘那紫红的流苏。

夜间的严寒藏身树叶中
　　久久不散，
纯净透明的天空
　　透过森林冷冷观看。

树叶在脚下沙沙直响；
　　死神铺开了自己的俘获……
只有我心花怒放——
　　欢天喜地唱起了歌！

我知道，我在青苔间
　　摘下早春的雪莲花定有因果；
我和每一朵花都有缘，
　　直到晚秋最后的花朵：

心灵向鲜花讲述了什么秘密，
　　鲜花又把什么诉说给心灵，
在冬天的每日每夜我都将回忆，
　　满怀幸福的深情。

树叶在脚下沙沙直响；
　　死神铺开了自己的俘获……
只有我心花怒放——
　　欢天喜地唱起了歌！

1856

遇雨

还记得吗，没料到会有雷雨，
远离家门，我们骤遭暴雨袭击，
赶忙躲进一片繁茂的云杉树荫，
经历了无穷惊恐，无限欢欣！
雨点和着阳光淅淅沥沥，云杉上苔藓茸茸，
我们躲在树下，仿佛置身于金丝笼，
周围的地面滚跳着一粒粒珍珠，
串串雨滴晶莹闪亮，颗颗相逐，
滑下云杉的针叶，落到你头上，
又从你的肩头向腰间流淌……
还记得吗，我们的笑声渐渐轻微……

猛然间我们头顶掠过一阵惊雷——
你吓得紧闭双眼，扑进我怀里……
啊，天赐的甘霖，美妙的黄金雨！

1856

夜声

啊，无月的夜晚！……被你迷住的我，
站着并倾听，像一个热恋者……
你的法衣里包裹着多么美妙的音乐！
周围——玻璃般清脆的声音像泉水流泻；
那边——一片叶子在钻石般的水滴下颤栗；
那边——田野上的鸟儿在千篇一律地啾啾唧唧；
蜻蜓，像钟表，在灌木丛中敲击；
从河面，从多沼泽的小岛，从芦苇里，
传来蟾蜍汹涌澎湃的大合唱，
就像沉闷的低音，发自遥远的地方，
遥远磨坊沉闷的隆隆
主宰着这夜间的一切和声，
在风中时而震天动地，时而一声不张，
而繁星……不，就在那边，在蓝天上，
金属般的繁星熠熠发光跳动不停，
让我感觉到永恒之流的轰鸣。

1856

林中的声音

少女在林中唱出的歌声，
老是在我心头萦绕，
时而在远处渐渐寂静，
时而在林中声震云霄。

顽皮的幻想搅得我心神不安，
我望着密林，蒙蒙烟雾中，
绿叶，青草，红红的松树干，
迎着太阳，晶光闪动。

是跑去追求年轻的姑娘？
抑或把这由于美妙的歌声
而用幻想创造的这个可爱形象
永远深藏于我的心灵？

1856

沼泽

我整小时在与沼泽周旋。
那里硬毛草丛立，像刷子般坚硬；
那里池塘盈盈碧水溢出塘岸；

青蛙费力地爬上突出水面的树墩，
就像登上了舞台的一角，
舒服地晒着太阳，打着瞌睡……
瘦弱的花儿披着雪白的绒毛，
在它上面整群的小蚊虫嗡嗡翻飞；
只有鲜嫩多汁的勿忘我草以绿松石的眼睛
从四面八方温柔地望着我的眼睛；
环绕瘦弱干枯的苇茎
忙忙碌碌的蜻蜓，
和偶然闯入的白蝴蝶飞来飞去，
使这个荒凉的沼泽世界充满生气。
啊，这荒芜之地真是美好梦乡！……
而曾有些日子，我的想象
只是迷恋那云朵般的群山，
深邃蓝天节日般的空间。
修道院和白色别墅的篱笆
在绿色的常春藤和葡萄下……
在哑默废墟的圆柱中间
月亮壮丽地冉冉东升，
照得山上飞泻的瀑布如银练……
我觉得这抑扬婉转的奇妙和声
包括滚滚波浪的吟啸；
它进入一个无边无际的世界，
在那里我对陌生的灵魂倍觉胆怯，
我突然喜不自禁地感到
人们在场。透过接连不断的喧嚣，

驮载的马儿铃声叮当，
慢慢走下山间小道……
瞧——现在这个幻想
已占据心灵，一如过去的时光，
就在这里，如醉如狂
同我把自然的秘密参详。

1856

燕子

我的花园正在逐日凋零；
它在憔悴、断折和空旷，
虽然在如火的灌木丛中
金莲花还在华丽地怒放……

我愁绪满怀！这秋阳的辉耀，
这飘坠的白桦树叶，
这迟到的螽斯的唧唧鸣叫，
使我备感凄切！

习惯性地朝屋顶下看了一眼——
窗户上方只有一个空巢；
已听不到燕语呢喃；
只有巢里北风吹动的干草……

我还记得，两只燕子，
为建造它，曾多么辛劳！
怎样用黏土固结住细树枝，
并往巢内拖入一根根羽毛！

它们的劳动是多么欢乐，又多么灵巧！
而当五个敏捷的小小脑袋，
露出巢外张望着寻找，
它们又是多么慈爱！

整天不停地呢喃细语，
就像孩子们在细诉热忱……
然后振翅飞起，飘然远去！
从那时起我很少见到它们！

瞧——它们的巢空荡荡的！
它们已经身在另一个地方——
远远的，远远的，远远的……
啊，要是我也有一对翅膀！

1856

春

淡蓝的，纯洁的
　　雪莲花！

紧靠着疏松的

　　最后一片雪花……

是最后一滴泪珠

　　告别昔日的忧伤，

是对另一种幸福

　　崭新的幻想……

1857

海涅
（序幕）

一直以来，他的身影
闪烁在故国的诗歌花园，
就像胆怯的鹿在丛林，
被无形的敌人所追赶。
我们大家都跟着他策马飞奔，
生气勃勃的马已疲惫不堪，
钢笼头那叮铃的声音，
在空气中弥漫。
鹿沿着山边疾行，
从山上像飞箭
飞奔进沉睡的湖面升起的雾中，
月亮银光闪闪……
我们在岸边暂停……

在雾中——有城堡，歌声，
花香盈盈，
哈哈大笑，也充满地狱的惨痛……

1857

他从污秽中把她拯救

他从污秽中把她拯救；
为了得到她的芳心——他开始盗偷；
她沉湎于生活的富裕，
并且哈哈大笑，笑这疯子。

天天宴席……时光飞跑……
那个早晨，很快就来到：
他被关进了监牢……
她站在窗前，哈哈大笑。

他在监狱里恳求她：
“没有你，我心如针扎，
快来我这里吧！”她只摇摇
自己的头——又哈哈大笑。

他早晨六点被绞死，
七点钟被埋进土里，——
而她不到八点就快乐舞蹈，

喝着酒，并哈哈大笑。

1857

格林卡之死

多么悲伤！又一次损失！
又是那个问题引发心灵的悲歌，
面对可怜同行的遗体：
他究竟去了哪里？他为什么活着？

难道为了替我们
把心灵的痛苦转化成歌曲？
颇费猜测地让我们
进入这些声音的游戏？

我复述着这些歌声——
但老早以前的可爱歌曲，
我已按另一种方式细听……
它们奏鸣出更丰富的涵义……

它们的创造者已与世长辞，
而今他的灵魂
似已完全融入歌曲，
生命漫漫无尽。

1857

玫瑰

一切都在玫瑰花中——胸部，柔软的雪白连衣裙，
珠环翠绕的黑油油头发，——
剧烈的运动之后，她张开双唇，
安静地仰天躺下，
绝美的脸上熠丽着显眼的红晕……
舞会停歇了，音乐也一声不发，
于是我在豪华大厅的另一端有幸
偶遇令人目瞪口呆的迷人舞蹈之花，
看到了美人儿那双眼睛……
而我——不知道究竟是何因缘？
就在这一瞬间我脑中浮现索伦托蓝色的海湾，
迷雾中远方派斯同的红色神殿，
贺拉斯时代的别墅，花园和盛宴……
突然，沿着海湾，一艘金色战船
航行在一群非洲女奴中间，
一切都在玫瑰花中——利季娅，和维纳斯一般……
究竟为什么？被灿烂的梦想所欺骗，
我在美人身旁很快从梦中清醒，推究原委……
啊，你们是一切事件的发端，
哦，派斯同的玫瑰，古典的玫瑰！……

1857

陈腐的尸骨

我颤栗着细认
这另一个世纪的尸骨……
等待我们的是这样一种命运：
出现又一群人的部族……

我们喧嚣的光荣已经寂灭；
人和传说都已死去；
我们的智慧使之强大以之自豪的一切，——
不会进入另一些创作里。

是僵硬冰冷的星斗，
或者精疲力竭的狼，
像一艘空船，地球
在天海里如飞急航。

满世界地漂来浮去，
迅飞疾驰的灵魂庄严
莅临我们城市的岛屿，
就像坐在无声无息的花岗岩……

理性就这样让我们
猜透生活的秘密……

然而心儿狂跳，胆怯的希望渐渐消隐——
或许，高傲的理性只是自以为是！

1857

夏夜之梦

——致格里戈里耶夫

夜深了我还久久无法入睡，
　　我干脆起床，打开窗户……
静默的夜使我苦恼，让我伤悲，
　　鲜花的芳香令我心醉神舒……

窗下的灌木丛突然沙沙响了一声，
　　窗帘飘敞，哗哗直响——
一个少年朝我奔来——脸庞光亮晶莹，
　　仿佛整个儿就是凝结的月亮。

我正房的墙壁震动，
　　它后面的柱廊豁然敞开；
雪花石膏的花瓶中
　　那一束玫瑰绽蕾吐放如火的光彩。

这位奇妙的客人径直走到我床前，
　　他带着温和的微笑对我开口：
“你为何在我面前

像受惊的鱼飞快躲进枕头！

“看看吧——我是上帝，梦境和幻想的上帝
我是羞怯少女隐秘的朋友……
为我的女王，为你
首次带来了上天的极乐悠悠……”

他一边说着——一边用手轻轻
　　让我的脸儿离开睡枕……
他在我脸颊热吻频频
　　还用嘴唇寻找我的嘴唇……

他的呼吸使我全身绵软无力……
　　他用手解开我胸前的衣襟……
他在我耳边吟唱：“你是我的，你是我的！”
　　仿若远处竖琴的乐音……

时光飞逝……我睁开双眼……
我的卧室早已到处是红霞弄晴……
我独自一人……浑身颤抖……发辫披散……
　　我不知道，发生了什么事情……

1857

致米哈伊洛夫

浑浊的乌拉尔河草原河岸，
森林，被郁金香覆盖的草地，
瓦灰色斑岩构成的群山梯形讲堂，
淳朴的部族，你在他们中搜集
已消失世界的传说和故事，
遥远的爱情，蛮荒的幻想，
提升你的精神：你又一次
走进分手的或热恋的他们中间——
我清清楚楚地听见
在你的诗中，在石头间淙淙奔流的小溪，
早已潺潺流淌在诗行里。

1857

田野上花浪频荡

田野上花浪频荡……
天空中光波奔涌……
春天云雀的欢唱
溢满了蓝幽幽的天穹。

我的目光沉浸于正午的闪光……

我没有看见天外的歌手……
年轻的希望就这样
安慰我的心灵，用问候……

我不知道，从哪里
传来它们的歌声……
然而，我微笑着转向它们，
用心倾听，目光望着天庭。

1857

在森林中

林中的小溪水声叮咚，
像玻璃晶明透亮，
在干枯的松树四周流动，
仿若泽间小径置身其上。
周围的森林发黑空气潮湿；
我行走着，心里稍感恐惧……
不！这里有它自己的天地，生气勃勃的天地，
我破坏了它的生气……
完成的一切因为我
在那里突然刹车，
所有人都在关注我，等待着，
寂静中人们将罪恶思索；
仿佛好奇的目光交汇

从四面八方集中到我身上，
我听到无言的责备，
我的灵魂感到羞愧难当。

1857

我周围的一切一如从前

我周围的一切一如从前，
山谷里五彩缤纷，熠熠闪光……
森林又绿荫如盖，绿意盎然，
阵阵林涛在林梢喧响……

心儿为何总如此疼痛，
既极力追求，又忧心忡忡，
渴求未曾经历过的憧憬，
又懊悔生活过的行踪？

可不要从头开始生活——
那是白白地不断丧失力量，
甚至白白地彻底耗磨
仅存的那点希望……

而我的周围，一如从前，
山谷里五彩缤纷，熠熠闪光……
森林又绿荫如盖，绿意盎然，

阵阵林涛在林梢喧响……

1857

女儿

她才刚刚学会嘟嘟囔囔地说话，
勉强会走路，但已变成一个小调皮，
从她的狡计中已显现出女性的娇媚，
我招呼她来我身边，想吻吻她表示爱意，
我花费了全部亲昵称呼的储备——
她笑着，身子向后仰，紧贴着保姆的脖子，
双手热烈地拥抱着老太太，
在她的两颊频频亲吻，毫不吝惜，
从她的肩后顽皮地望着我，
对我嫉妒的苦恼感到开心不已。

1857

摇篮曲

睡吧，我的小宝贝，快快睡着！
快快进入甜蜜的梦境，
我给你请来三个保姆：
风儿，太阳和老鹰。

老鹰已飞回家来，
太阳已落入大海，
风儿刮了整整三夜，
正飞到妈妈那里去安歇。

妈妈问风儿：
“你可躲到哪里去了？
莫非你去和星星开战？
莫非你去把波浪追赶？”

“我没有追赶海浪，
也没有招惹金色的星光，
我守护一个小宝贝，
把他的摇篮轻晃轻吹！”

1858

从白海那边

从白海那边
燕子疾飞而来，
坐下来歌声婉转：
二月，你无须气急败坏，
三月，你不要愁眉苦脸，
即便飞雪飘飘，即便阴雨绵绵，
浓浓的春意也在到处弥漫！

1858

在诺曼底海岸

温顺的孩子们患着病，
他们在海岸边坐定，
一双双聪慧的大眼睛
观察着金色云彩的幻形……

海岸周围空空荡荡——只有沙土，峭岩，
还有芦苇，苇浪频起，
像边饰蜿蜒在北方沿海地区，
四周的宁静如此深远，

这些孩子也是如此，
靠近他们的芦苇上，
小鸟在嬉戏，跳荡；
浅滩的细沙上小鱼银光熠熠……

孩子们尽带笑颜，
有时转过视线，
满怀同情地望着它们，
温和的幸福在周身氤氲，

而假如他作为偶然飞来的客人，
可怜兮兮地在尘世一闪即逝，

飞快地变成上帝的天使，
融入天庭中没有子嗣的群神——

那么，在那里，在他们中间，
他会忆起荒凉而空寂的海岸，——
他说："尘世的生活——妙不可言！
尘世的生活丰富多彩，欢乐连连！"

1858

民歌

在远方的海边，
　　我要建造一栋房屋，
用五彩斑斓的孔雀羽毛
　　四周群星丛簇。

周围镶满蓝宝石，
　　珍珠和绿宝石，
我悄悄带着尼娜，
　　永远生活在这里。

尼娜从阳台
　　环视四周——
"太阳已升起来！太阳已升起来！"
　　一切都争相唱酬！

1858—1859

阿尔卑斯冰川（201）

湿漉漉的烟雾在峡谷里弥漫，
而那边——就像轻飘飘的幻影，
在紫红色的早晨闪现出冰川，
沉醉在羞怯、童贞的欢乐中！

从这个戴雪的山顶，
为我吹来多么清新的生气，
它放射出绿松石般纯美的绿光莹莹，
在整个天空盈溢！

我知道，那边居住着神灵，
那里没有人的痕迹，——
然而，心灵像是在回应
某种召唤：“去那里！去那里！”

1859

被苦役般的工作折腾得筋疲力尽，一位歌手

被苦役般的工作折腾得筋疲力尽，一位歌手
躺在里海边白白的沙滩上。

周围全是沙子：没有灌木，没有山丘……
只有里海的浪花为受难者送来清爽，
只有里海召唤歌手吟唱赞美歌……
灵感在囚徒的心里展翅振翮……
双唇火热，无神的双眼炯炯发光，
像拥抱母亲一样，他拥抱故乡，
并把目光转向上帝，开始热烈的祈祷，——
然而，真是罪孽！他已被两个哨兵发现，
他们已扳起扳机，迈开双脚，
准备一枪击毙最初的妄念，
并在堡垒中拉响了战斗的警报。

1859

我真想吻一吻你

我真想吻一吻你，
又担心被月亮看见，
被亮晶晶的星星发现；
万一星星从天上滑落，
会告诉蓝靛靛的海洋，
蓝靛靛的海洋又会告诉船桨，
船桨再把它向渔夫杨尼诉说，
杨尼的爱人却是玛拉；
而这事一旦被玛拉知晓，
那左邻右舍就会全都知道：

在一个月夜我把你，
带进一个香喷喷的花园里，
我和你爱抚，亲吻，
银灿灿的苹果花，
洒满了我们一身。

1858—1862

小鸟燕子啊，快飞吧

小鸟燕子啊，快飞吧
飞到我从前的爱人那里：
她不会等到啊，
从客人变成有深情厚谊。

在异域他乡，
凶恶的女巫把我戕害，
她用巫术使我为之发狂，
也把骏马整个儿变坏。

我骑上骏马——
它把我甩下马鞍；
我曾不用鞍鞯骑着它——
一起搏击风雨，笑傲雷电！

她曾这样说过：
除非河水不再流动！

金色的星星像苹果坠落，
从那高高的天空！

望着她的眼睛——仿佛光明
从她脸上漫溢进心扉；
她微微一笑——仿若好小伙子中
盛开的一朵红红的玫瑰！

1858—1862

吻

在大理石的碎片中间，
一个独臂的希腊解放战士，
爱抚着细腻的大理石，
就像抚摸雪白的浪花，
一位少女经过他身旁，
金灿灿的卷发好似金色阳光，
她说：“你为何
用一只手工作？
另一只藏到哪里去啰？”

“我爱上了一位少女，
伊斯坦布尔的第一玫瑰花！
仅仅一个热吻，
我的一只手便被砍下！

那少女还活在世上，
金灿灿的卷发好似金色阳光……
假如再来一个热吻，
另一只手也将离开臂膀！”

1858—1862

年轻少妇

年轻的叶莲娜盛装打扮，
为了出席弥撒的盛典。
头戴镶满珍珠的漂亮帽子，
金饰品挂满了黑色的发辫。
她容光焕发，像一轮太阳，
白色的胸部——银色的月亮一般。
她登上山路，走向教堂，
开口问狂跳的心脏：
“心脏啊，你为何狂跳不已，吁吁气喘？
仿佛背着巨石在上山？”
“我从老丈夫那里承受的痛苦，
远甚于背着巨石上山。
我要逃离这种奴隶般的生活，
去投奔一个青年！
我对他百看不厌，
就像观赏花园里高高的柏树；
他爱我，总是让我开心，

把我当娇弱的苹果花呵护；
我亲自给他打扮，
像我长辈打扮我那样；
我关心他的一切，
就像我的长辈把我放在心上；
他容忍我的絮絮叨叨，
容忍我的任性和孩子般爱哭泣，
他称我为快乐的小鸟，
他叫我为亲爱的小鸽子！”

1858—1862

杰斯波

苏里睡了，基亚法也睡了，
土耳其的旗帜到处飘扬，
只有杰斯波在黑色的塔楼里
锁上了门，拒绝投降。

“放下武器，杰斯波，
愚蠢的女人，你同谁争辩？
你应像奴隶一样向巴夏投降，
恭恭敬敬地走到他面前！”

“杰斯波从来不当奴隶，
更不会成为你们的奴隶！

他高举熊熊的火炬：
孩子们，跟我一起怒斥！”

火炬被扔进黑暗的地窖……
山谷震颤，四方展开攻击——
在黑暗的塔楼里，
腾腾烟柱摇曳不已。

1858—1862

遗嘱

战友们，团结起来！
大尉牺牲了！
因为忠贞不渝，他牺牲了，
因为土耳其人给他的神圣伤口牺牲了！
“朋友们，死亡并不可怕，
但我害怕坟墓……
黑暗，狭窄……独自一人
躺在那里，连梦都没有！
终日啃着泥土和各种垃圾，
宝剑，因远离血液而生锈，
还有我的胡子和眉毛，
我那黑黑的眉毛！……

不，兄弟们！不要

把我就地土葬！
请把我竖着放进棺材，
葬在山上，面向东方。
在棺材上劈开一个小窗，
以便我闻到春天的芳香，
以便燕子在我上方，
来回盘旋，啾啾歌唱，
以便我从棺材里远远
发现土耳其人的侵犯，
以便我前后左右
都能落满射向他们的子弹。”

1858—1862

异乡

上帝不会让你客死异乡！
我亲见那里怎样把死者埋掉！
没有牧师，没有蜡烛，没有香炉，
没有宁静的涂油仪式，没有安魂祈祷，
只是把人像狗一样埋进土壤！
在这片土地上挥汗耕作不辞辛劳，
从山上赶来两头长角的牛，
快活的好小伙为它们把犁套牢，
并强制性地在它们身侧挂上马刀，
沿着第一道深深的犁沟前行，

他把双腿从地面抬得高高，
在那边——有一位美人儿……
可怜的庄稼汉高喊，呼叫：
“我需要这样一位同伴，
土地并不能使我温饱，
我要奔向大海，蓝色的大海，
去到广袤的海滨荒郊，
我要割下海边的芦苇，
为他把大棺材做好，
我要在棺材里为他把被褥铺好，
铺满鲜花，铺满铃兰，
铺满苋菜的新鲜根苗！”

1858—1862

马
(来自塞尔维亚的歌曲)

白白的脸，黑黑的眉，
比白天还欢畅，
能干的姑娘驮在背，
马儿脚下腾起细浪；

抚摸乌黑的马鬃，
望着他的眼睛，说：
“马儿这样好，

我还从来未见过，

哎，骑士骑在马上……
只是他没能充分
爱抚你，细心调养，
而他——是独身还是已婚？”

马儿摇摇头儿，
踢一踢脚，回答：
“独身——只是在他心底
藏着一个牢固的想法。

他向我，向别人，
说过不止一次，
为何不派个出色的媒人
在良辰吉日去你家里。”

而她满脸红霞地答道：
“我为了好马儿，
可以毫不心疼任何花销，
我把大麦填满马槽，

在马儿乌黑的鬃毛上，
我系上粉红的丝带，
在马衣的边上，
绣上带流苏的金银绦带；

永远精心照料，我和你将
毫无忧伤地生活在一起……
只是你们要尽量
早点派媒人到我家里。”

1860

游泳的女人
(恒河岸边的旋律)

月亮啊，我爱你，
你升上天宇，
照亮了夜泳归家的调皮美女！

空气啊，你是如此美妙，
从远处送来华美花冠的芬芳之潮，
向我们宣告她们的来到。

大海啊，你是如此动人，我听见
你的清爽沁入她们的酥胸和玉颜，
也沁入了她们黑色或棕色的发辫。

1862

收割期的夜晚

暮色越来越浓，
从田野里走回一群割麦女……
远方已变得一片寂静，
没有了孩子们的哭笑、狗叫、妇女们的闲言闲语。

劳动的队伍已经离开……
田野又归于宁静！……
仿若无边无际的军事营寨，
干草垛四周矗立着一个个麦捆！

漫漫无尽的金黄庄稼地里，
就连露珠都被熏黑，
夜色已弥漫到天际，
繁星静静地闪耀着清辉。

瞧，一钩新月升起……
但一团透明的云彩
在蓝湛湛的天空里
像烟一样散开；

仿佛有一位天使
身穿白色袈裟，头戴花冠，

手里的大镰刀银光熠熠，
站在劳动的庄稼地上面。

启明星在天边不停地闪烁，
那是在为田野默默祝福，
奖励割麦女的艰苦劳作，
她们用汗水灌溉了这片热土。

1862

在草原上

1、夜间的暴风雨

哦，已经是深夜！
灼热的空气凝滞不动！
四周乌云蔽野，
蓝色的闪电火焰熊熊。

仿佛正在进行黑暗之神
规定的空中营地的大阅兵！
顷刻间成排的行列紧跟
他们的主宰在飓风中迅飞疾行！

时而传来轰隆一声炮响，
电闪雷鸣，暴雨夹着冰雹，
草原飘荡着地狱的力量，

带着一阵阵疯狂的啸叫！……

不，面对如此的苦难重压，
面对如此黑暗深重，
把一切付托给骏马！
信马由缰，不加掌控；

它会迈开忠诚的脚步，
平稳地，平稳地飞驰，
走过平原，走过山谷，
驮着你回到家里……

2、黎明

瞧——一条浅绿色的光带
已经闪耀在东方；
那边——草原的轻风带来
一片温暖和芳香。

蓝色的天空开始发白；
地平线上——仿若雕像，
许多轮廓越发青黛，
那是牧羊人的马群在草原上……

3、草原

我的目光迷失在壮丽的草原……
羽毛草的海洋银光闪闪……

闪烁的彩虹——是歌手们无形的合唱。
草原上空到处欢乐流淌，
有时只有白云投下的阴影长长，
在这个喜庆的日子里，像思绪疾驰向远方。

4、正午

正午香馥馥的腾腾热气
袅袅地从地面升起……
为何我觉得好似
远方满是银铃般的声音在漫溢？

仿若白云在草原投下的阴影，
在我的心里，
排排幻影在疾驰迅奔，
遥远昔日的梦在成群聚集。

是游牧的部落在迁徙？
是骆驼的怒吼，大车的吱吜？……
莫非是守卫的声声射击？
莫非是哥萨克偷袭急骤？

是被俘的小乖乖
在发出悲伤的歌吟，
而剽悍的鞑靼男孩
赋予她美妙动人的声音？

5、风神的子孙

“现在风，风神的子孙啊，正从海上吹来……
勇敢的罗斯人，继承了太阳神力量的子孙。”
——《伊戈尔远征记》

风神的孩子！是你们
卷来了草原的喧嚣，
你们的翅梢
触及的几乎都是弯曲的绿茵。
你们想要什么？这草原
早已非复昔时；
一个部落又一个部落给这里
带来灾难和锁链！
在太阳神的儿子面前
黑色的妖魔远远逃遁，
草原的主宰权
已让位于光之子孙！
太阳神褐发的儿子们
把草原变成了一个大花园……
那里——庄稼已经成熟；
收获的蓝色葡萄堆积成小山；
所有人都各就各位；
割草人唱起快活的歌，
当当的钟声随风飘飞，
传遍草原的每一个角落……

钟声讲述着时间的白白流逝，
在那可怕的以往，
黑暗是统治这里的国王；
旅行者在此策马飞驰，
成群的绵羊有时也一片慌乱，
不知道何处是埋伏点；
犍牛在平静地鱼贯前行；
在草原徒劳地寻找阵亡的军队
浅蓝色的老鹰
从空中看着它们那驯顺的鸟笼。

1863

秋天的落叶随风旋舞

秋天的落叶随风旋舞，
秋天的落叶惊恐地哀号：
“全完了，全完了！你变得黑丛丛光秃秃，
啊，我亲亲的森林，你的末日已到！”

威严的森林全然漠视这份惊恐，
一任酷寒的天空愈加蓝沉沉，
雄劲的寒梦把它紧笼，
它仍在暗暗蓄积力量迎接新春。

1864

不可能！不可能！

不可能！不可能！
她还活着！……马上就要醒来……
你瞧：她想说给你听，
她睁开双眼，喜笑颜开，
她凝望着我，紧抱着我——
她恍然大悟，我为何哭泣，
她爱意融融地对我说：
“多么可笑！为何痛哭流涕！……”

然而，不！……她躺着……安详寂静，
无声无息，一动不动……

1867

我的美人，我的妻子

我的美人，我的妻子，
快登上这小船，
坐下来，手牵手，
跟我划向岸边。

我们头儿紧挨，

什么都不害怕！
你如此信赖大海——
我又怎会怕它！

啊，心——就是大海！
一样的潮涨潮落，澎湃鼎沸，
就连深藏的珍珠
也同样的无比珍贵！

1867

罗蕾莱

这究竟是灾难，还是预言……
我的心是如此忧愁，
一个古老的、可怕的故事，
总是萦绕在我的心头……

湍急的莱茵河美得令人惊异，
河面上已暮霭纷飞，
只有悬崖的顶端
还闪耀着夕阳的余晖。

一个奇美的姑娘，
熠熠霞辉中坐在悬崖，
她用金灿灿的梳子，

梳理自己金闪闪的卷发。

一切都金光灿灿，闪闪发亮，
她开始唱起美妙的歌谣；
激情似火、撼人心魂的歌声，
在明镜般的河面传飘……

一叶小舟驶来……船夫
突然为她的歌声着魔，
他忘记了手中的桨橹，
而只呆呆地望着歌者……

可迅猛的河水急流滚滚……
船夫在奔涌的波浪中牺牲！
罗蕾莱使他遭受灭顶之灾，
用自己美妙的歌声！……

1867

心灵深处有隐秘的思想

心灵深处有隐秘的思想；
在它们诞生的最初时分，
诗人已闻到未来创作种子的清芬。
它们似乎安睡并成熟在宁静的梦乡，
等待一个时刻，等待某个信号，

闪电轰击，它们就能钻出黑暗长芽舒苞……
有时又偷偷地、秘密地与之同行，
站起来欣赏它们那神秘的梦境，
就像母亲满怀爱意，默默无言，
站在充满秘密的正屋里熟睡的孩子前……

1868

阿克尔曼的草原

畅泳在绿色海洋的一片广袤，
大车像船行驶在清澈的汪洋中，
在青草和鲜花的波浪中向前游动，
绕过一个个多刺草丛的小岛。

天黑了，向前——没有航标，也没有小山可供瞭望，
我只得跟着星星继续前行……
那里究竟是什么？彩云？还是朝霞初升？
那里是德涅斯特河；阿克尔曼灯塔在闪闪发光。

站住！……上帝啊，鹤群在空中飞行了一年，
而它们——竟然能逃过鹰隼的锐眼！
小蝴蝶在草茎上双翅轻扇；

有什么顺光滑的草茎悄悄爬行，高高的草丛沙沙一片，
如此寂静，仿佛听到从遥远的立陶宛发出的呼唤，

然而，不，没有任何人在呼唤！

1869

拜达尔山谷

我飞驰着，像个疯子，在疯狂的马背上；
山谷，峭壁，森林，在我面前不断闪现，
像水流中的波浪一浪接一浪地变换……
这旋风般的形象让我陶醉得心花怒放！

但马儿疲惫了，神秘的烟雾
从黑沉沉的天空静静流溢，
而那些旋风般的形象——山谷，森林，峭壁，
此前曾在困倦的眼前闪若飞镞……

全都睡了，我睡不着——我便奔向大海，
黑乎乎的波涛啸叫着扑来，
我渴望张开双臂，扑入它的胸怀……

浪花飞溅，大海关闭自己；混沌拖拽着我——
而我，像在深渊上漂转的小舟，等待着
我的思想能体会到瞬间的遗忘之波。

1869

阿卢什塔的白昼

阳光灿烂，山脊摘下了自己的面纱。
金灿灿的麦田正在加快完成自己的祈祷，
森林轻轻颤动，把多余的卷发抖掉，
仿若汗的念珠散落，宝石雨和珍珠雨飞洒；

山谷是鲜花的海洋。每朵鲜花上
都有成群的彩蝶——飞舞的花朵也成群聚集——
林冠像钻石的波浪绿光熠熠；
而更高处——蝗虫正展翅飞翔。

光秃秃的岩石耸立在无底的大海旁。
泡沫翻滚的波浪在它脚下飞驰，碎裂，歌唱，
仿若老虎的眼睛，闪闪发亮，

带着骤然降临的思想同时飞向远方，
平静的蓝色大海——海鸥飞翔，
天鹅漫游，船舶泛着白光。

1869

伊利昂的城门边

伊利昂的城门边
一群长老围坐一圈；
保卫城市已拖到第十年，
艰难困苦的一年！
他们早已不再期待救援，
而只把阵亡者悼念，
他们连声咒骂
这场灾难的根源：
“叶莲娜！你把死神
带进了我们的家园！
你给我们戴上了俘虏的锁链！！！……”
就在这时，
叶莲娜慢慢走到城楼上面，
低头走近这群长老，
她全身闪耀着童真的仁慈
和温静纯洁的思想的光辉；
似乎她自己认为
成为重负的是那致命的美……
唉，阳光透过白云
映照在她身上……
长老们情不自禁地站起身，
泪水盈盈地拱立两旁。

1869

崇高的思想需要名符其实的铠甲

崇高的思想需要名符其实的铠甲；
庄重的女神像——需要坚实的台座，
神殿，祭坛，七弦琴，铙钹；
还有甜美的歌，和阵阵芳华……

她的每个细节都被仔细斟酌，
以使外表的混乱保持和谐，
以便从每个细部都透现出她的圣洁，
于是整个神像闪耀着——你灵魂的圣火！……

充满欢乐，或是愤怒，或是惙惙，
让它突然从你面前的黑暗中走出——
驱散这黑暗——在他身后的远处
是一个无限美好的自我。

1869

白俄罗斯民歌（选一）

啊呀，我的儿子们，我的雄鹰，
　　我的鸽子，我的女儿们！
我的大限到了，我就要死了，

快到我身边来哦！”

走进小屋，儿子们轻声商量，
怎样把母亲安葬；
走进小屋，女婿们细声交谈，
怎样妥善地划分家产；

哎，可是女儿，这些母鸽们，
在四周守护着母亲！
而儿媳们走进家门，
边嘲笑她们。

1870

这些年高望重、枝繁干粗的橡树

这些年高望重、枝繁干粗的橡树，
若有所思地低着头，
一如古代市民会议站在人群前的智叟
在决定他们的命运和前途。
我枉自细听它们的喧嚣：
我丝毫未捕获它们交谈的秘密——
唉，可惜，它们身边没有那条欢快的小溪：
要不，它早就告诉我它们的思考……

1870

自哈菲兹

精神振奋，挥舞翅膀，
欢庆吧，歌唱心灵，
你站在如火的玫瑰旁，
被罗网紧绷，
你已因她而身陷罗网，
而非置身哲人的草原，
他们无法看到你眼泪汪汪，
也无法听到奇妙的歌声婉转；
即便你的眼泪饱含深情，
可你已坠入她的海洋，
伤口热血迸涌，
一滴滴就要全部流光，——
然而就在死去的瞬间，
夜莺也会歌声嘹亮，
热情似火，充满灵感，
然后冲向死亡。

1875

致艾瓦佐夫斯基

我的诗歌不被珍视，
甚至不值四分之一金币！

而你竟为它赠给我
一小块真正的太阳，
一小块你自己的太阳！
于是我的诗便把一种光
注入人们的心田，
一如你——在这无边的远方，
突现扬起风帆的大船，
船帆仿若燃烧的火焰，
闪耀在涟漪频荡的如镜水面，
广袤无垠的漫漫空间，
空气如此灼热，
又如此轻盈，——
我得到的评价如此之高，
认为自己的诗是最好的礼物，
我为它感到自豪，
于是，我想歌唱，永远歌唱，
用自己的太阳使心灵温暖，
就像你现在以太阳把我温暖！

1877

春天

——献给科利亚·特列斯金

银发的冬天，快快走开！
春天这美人儿

已从山顶疾驰而来，
驾着金灿灿的马车！

你年老体衰怎能与她相抗？
她——是百花之王，
随身带着大量武装，
芬芳的微风中飞舞着整个空中军团！

时而一片沙沙，时而一阵嗡嗡，
时而暖雨如注，时而阳光温暖，
时而吱吱啾啾，时而声声欢鸣，
你还是赶快走得远远！

她没有弓，她没有箭，
她的武器只是满面笑容，
而你只会把雪白的尸布紧攥，
用它盖住峡谷，蒙住灌木丛。

但春已沿着峡谷步步进逼！
蜜蜂已经开始嗡嗡忙碌，
那飞动的一面面旗帜，
是一队队蝴蝶在翩翩起舞！

1881

致艺术家

灵感降临到你身上——
　　马上让它全部发光，
当创作的激情还燃烧正旺，
　　你果敢大胆，充满力量！
　　它从高空暂时照亮
　　事物的意义，灵魂的慧光，
　　你的迷狂只是瞬间！
它疾驰而去——黑夜立刻在你面前
　　用冰凉的双手
为日常生活拉上黑沉沉的窗帘。

1882

哦，永恒的青春王国

哦，永恒的青春王国
　　和永恒的美！
在光荣的天才的作品里
　　我们为你迷醉！

闪闪发光的大理石，
　　里热普和伯拉克西特列斯！……

永恒的圣母
　　幸福的拉斐尔！……

普希金神圣的天才，
　　他那水晶的诗句，
莫扎特的曲调，
　　所有这一切都使人快乐无比——

所有这一切，
　　不是来自天国的启示，
不是永恒的青春王国，
　　和永恒的美？

1883

最具诗意的思想在灵魂中闪现

最具诗意的思想在灵魂中闪现，
不！它一直未曾熄灭！
年复一年等待的灵感
突然勃发，像是回应高处的呼唤，
复活了美妙的一切……

应该任时光静静流淌，
或许，这必不可少，
心灵有不止一处创伤，

为了让这一思想变成形象，
就得从原初的浓雾中撷取珍宝。

1887

重读普希金

重读他的诗——我仿佛再次感受
那一个美妙的瞬间——
似乎有一股出人意料的气流，
突然把天庭的和谐带到我身边……

这些旋律似乎是天外之音：
就这样注入他那不朽的诗行，
尘世的一切——欢乐，苦难，激情，
在诗中全都变成天堂！

1887

长浪

风暴疾驰而去，但铁灰色的大海还在可怕地喧嚣。
波浪如同从战场上凯旋的军队，无法平静，
混乱地奔跑着，相互追赶与超越，
互相炫耀着会战中的战利品：
　　一块块蔚蓝的天空，

后退的金灿灿银闪闪的浮云，

　　一片片红艳艳的霞影。

1887

奥林匹克竞技会

一切都准备停当。音乐震响，
发出信号……心儿颤动……
在奥林匹克竞技场
一列列大马车狂奔急冲……
人和神都在观看，
激动不已，拼命静默……
行走如飞的马，再快一点！
再快一点！……近了……可怕的时刻！
格劳科斯……欧墨尔波斯……已经超过……
别管那些落后者！
这些人……近了……已调整好了……
瞧——那是他们中的哪一个？
“格劳科斯！”——人们齐声叫喊……
正是他，大步流星，自豪地去领奖，
扬起的尘土里依稀可见
骏马脸上的盛怒模样。

1887

雷雨

到处洋溢着生机和欢乐，
风儿从漫漫黑麦田里，
带来波浪般轻柔的
一阵阵芬芳和甜蜜。

可影子却像受了惊吓，
在金灿灿的麦田里东窜西蹦——
旋风疾驰而过——就一霎那——
于是与阳光劈面相逢，

阳光穿过半个天空的大门口，
袅袅升起，从那银晃晃的屋檐，
那里，从瓦灰色的帷幔后，
透射出光明与黑暗。

突然，仿佛有谁急忙
从田野上扯下绸缎桌布，
黑暗紧随其后，咬住不放，
越来越凶猛，越来越迅速。

圆柱早已向四处扩散，
银晃晃屋檐早已漫灭，

轰隆声无休止地震撼，
夹杂着闪电的大雨漫天倾泻……

哪里是太阳和晴空？
那里是田野的金光、山谷的宁静？
但暴风雨的喧嚣中也有其美境，
一粒粒冰雹舞兴正浓！

要抓到冰雹——需要勇敢！
要成为孩子们尊敬的勇士！
它们像成群的孩子尖声叫喊，
从台阶上飞速滚跳下去！

1887

在大理石般的海边

1

一切——仿若甜美的梦境……
山岭，岛屿，全都罩上轻纱，披上晨雾，
一如银晃晃、亮晶晶的酒杯斟满了宁静，
——这是他梦寐以求的幸福……
大海与天空融合成同一种光辉，
沉重的波浪哗哗拍击出一片珍珠，——
迫不及待的小舟陶醉于这种幻想，

忧郁地在广阔空间把你招呼。

2

红艳艳的船帆静静竖立，
海鸥嬉戏着懒洋洋的波浪，
在蔚蓝的种种颜色闪变里，
玫瑰红的光斑不断翻出新花样。

1887

天穹已经变白

天穹已经变白……
顽皮的风迅飞疾行……
大自然破晓前的情态
显得敏感而轻盈。
太阳忽然熠熠闪现：
驱逐了黑夜及其最后的昏睡潮——
她打了个哆嗦，睁开双眼，
朝着他嫣然一笑。

1887

昨天——就在离别的那一刻

昨天——就在离别的那一刻
我突然无意中说到诗——
眼泪消失，痛苦隐没，
仿佛阳光熠熠
为远近的一切镀金一层……
可别责怪我，我的朋友！
创作的力量只是从心灵的痛苦中
锻造自己的冕旒！
他从心灵深处的珍藏里
挖出深深的悲苦——这就是诗！一如呼啸的暴风雨
在大海里抛出的珍珠！

1889

我们在严厉的学校长大成人

我们在严厉的学校长大成人，
在骑士时代的种种传说里
历经劳动，熬受贫困，
成熟了智慧和意志。
在这所学校里淬炼成才，
让诗人拥有全副武装，

在这阿斯塔尔达[①]和巴尔[②]的时代
这有时或许显得可笑……正是这样！
他的坐骑——是一匹劣马，
堪与驽骍难得齐名，
他本人也和堂吉诃德分毫不差，
毫不动摇地完成神圣的使命！
天空的光明对所有人都已熄灭，
大家都在黑暗中寻找逍遥的原野，
为了淫欲，为了饕餮，
他们肆意侵犯神圣的一切，——
他孤身一人——带着捡来的盔甲，
在广场上，面对人流滔滔——
向巴尔和阿斯塔尔达
掷出挑战的手套。

1890

① 古腓尼基和其他闪族的土地及爱情女神。
② 古代腓尼基、叙利亚及巴勒斯坦的神名。

译后记

唯美主义诗人迈科夫及其抒情诗

阿波罗·尼古拉耶维奇·迈科夫（1821~1897），俄国19世纪著名诗人、画家，俄国“纯艺术派”诗歌的代表人物之一，与费特、波隆斯基并称为“友好的三人同盟”。出生于莫斯科一个贵族家庭，父亲是著名画家，科学院院士。因此，他从小就得到良好的教育，表露出诗歌和绘画方面的天赋。1837年进入彼得堡大学学习法学。大学毕业后，曾出国游历。四十年代，曾接近别林斯基，并一度参与彼得拉舍夫斯基小组的活动。五十年代接近《莫斯科人》编辑部，转向斯拉夫派立场。1852年迈科夫进入外国书刊审查部门工作，近45年里他从基层职员一直做到外国书刊审查委员会主席。一生创作颇丰，在文学和绘画方面都有不少成果。文学方面的成果主要有：几百首抒情诗，《两种命运》（1845）、《玛申卡》（1846）、《萨瓦纳罗拉》（1851）、《克莱蒙会议》（1853）、《审判》（1860）、《公爵小姐》（1874—1876）、《布林吉利达》（1893）等十余首长诗，抒情悲剧《三死》（1852—1863）、抒情正剧《两个世界》（1880）。

1882 年，他因《两个世界》而获得俄国科学院授予的俄国普希金奖。此外，迈科夫还是一位成果辉煌的诗歌翻译家，翻译了大量外国诗歌和民歌以及古俄罗斯诗歌，如歌德、海涅、密茨凯维奇等著名诗人的诗歌，白俄罗斯、塞尔维亚、捷克的民间歌谣，中世纪四大英雄史诗之一的古俄罗斯史诗《伊戈尔远征记》。

迈科夫的唯美主义，主要在其抒情诗中体现出来。其抒情诗按其内容和题材，大约可以分为三大类：古希腊罗马风格诗、自然诗、爱情诗。

（一）、古希腊罗马风格诗。迈科夫很早就对古希腊罗马文学十分痴迷，我国有学者认为："他热爱古希腊罗马文学"①，有学者指出："他崇拜古希腊罗马文学"②，俄国学者斯捷潘诺夫更具体地谈到："1837 年迈科夫进入彼得堡大学法律系学习。在这里他曾兴致勃勃地在古希腊和古罗马历史上狠下过一番功夫，并且钻研了拉丁语和一些古典诗人的作品（贺拉斯，奥维德，普罗佩提乌斯等等）。"苏霍娃也认为："在大学迈科夫勤奋学习历史，但他更深深地被古希腊罗马的艺术迷住。"因此，1842 年，他出版的第一部诗集《阿波罗·迈科夫诗集》，就主要是一部古希腊罗马风格的诗歌，别林斯基为它专门写了一篇评论，称之为"俄国的巨大成就，俄罗斯诗歌发展史上的一个重要现象"，并认为"马伊科夫（即迈科夫——引者）君充分掌握着艺术武器——那就是诗句，他的诗句令人想起俄国诗坛上第一流诗人们的作品；这便是伟大的、带来最美好希望的征兆！诗歌中的诗句，正犹如散文中的文体一样，有文体，这本身就说明了有才华，并且是不平凡的才华……"，在这里有"许多首诗都显示出真正的、卓越的才禀，预示着有发展前途的某种东西。"他还更具体地指出，这本诗集中的诗歌"自然而然地

---

① 徐稚芳：《俄罗斯诗歌史》，北京大学出版社 1989 年版，第 277 页。

② 朱宪生：《俄罗斯抒情诗史》，陕西人民教育出版社 1993 年版，第 294 页。

分成了两类，这两类之间没有任何共通之处，唯一共通之处只是好的诗句……按照古代精神写成的古希腊罗马体裁的诗应该被列入第一类。这是马伊科夫君诗歌的精华，他的才能的胜利，发展前途寄予希望的理由。属于第二类的是这样一些诗，作者在这些诗里想成为现代诗人，这些诗的最好的一面只是好的诗句而已”。[①] 在1844年的《弗·费·奥陀耶夫斯基公爵的作品》一文中，别林斯基再次谈到：“我们时代最杰出的诗人之一的马伊科夫君的优秀的诗是属于古典抒情诗这一类的，因此他比我们所有老一派诗人都更伟大，他有资格被称为古典派诗人。”[②]

1842~1844年，迈科夫游历了意大利、法国。留下丰富古罗马文化遗迹的意大利的游历对其诗歌和艺术意义重大。“1842年底迈科夫第一次来到意大利做短期旅行。意大利的一切早已深深吸引着他：作为诗人，他热爱古希腊罗马文化；作为艺术家，他梦想看到它那壮美的风景。迈科夫把自己对意大利的印象记录在了自己的《罗马随笔》（于1847年出版）中。”这些诗歌虽然带有速记意大利的风光人情的特点，但仍然属于古希腊罗马风格的诗歌（一译“古希腊罗马风诗歌”或“古希腊罗马风情诗歌”）。因此，本文说的古希腊罗马风格的诗歌，主要包括迈科夫在19世纪30和40年代的此类诗歌。

综观迈科夫的古希腊罗马风格诗歌，大略有如下几个颇为突出的特点。

第一，异域性。这种异域性表现为：具有古希腊式的世界观，“用希腊人的眼睛看生活”，并且主要写古希腊、罗马题材，在诗歌中大量运用古希腊罗马神话典故。

在三四十年代，迈科夫相当难得地具有一种古希腊式的世界

① 《别林斯基选集》，第三卷，满涛译，上海译文出版社1982年版，第351页，328页，331页。

② 《别林斯基选集》，第五卷，辛未艾译，上海译文出版社2005年版，第458页。

观，能够“用希腊人的眼睛看生活”，对此，别林斯基早有论述：“请看，在他的诗里有着多少古希腊的东西，古希腊罗马风的东西；可以把他的任何一首诗都当作希腊诗的卓越译文看待；可以把任何一首诗，都当作希腊诗，从俄文译成外国文字，只要译文是优雅的，富有艺术性的，任何人就都不会争论这首诗的希腊起源问题……古希腊的观照构成着马伊科夫君的才能的基本因素；他用希腊人的眼睛来看待生活，并且……他不可能再用别的眼光来看待生活。”[①]。俄国当代学者斯捷潘诺夫对此阐发道：“别林斯基在论述迈科夫诗歌的文章中首先指出，‘古希腊罗马式的直观’是其诗歌创作和世界观的基本要素，因为诗人是在‘用希腊人的眼睛看生活’。‘与古希腊罗马缪斯相似’，别林斯基写道，‘迈科夫的缪斯汲取了来自大自然的温柔、宁静、童真的灵感’，与之相似的是在兴奋和激情中依旧是那一颗婴儿般纯净的心，迈科夫的缪斯用自己的心灵直接感受自然的氛围，为自己芳香、和谐、自然、优雅的歌找到了取之不尽的内容。评论家在年轻的诗人诗中看到了对古典精神的热忱，这种热忱也同样表现在普希金的古希腊罗马抒情诗风格的诗中和歌德的《罗马哀歌》中。”

正因为如此，迈科夫此时期在诗歌中用希腊人的眼睛看生活，大量以古希腊、罗马的文化或生活为创作题材，其《赫西俄德》、《巴克斯》、《奥维德》、《奥林波斯山的女神缪斯》、《酒神女祭司》、《萨福》、《贺拉斯》、《阿那克瑞翁》、《古罗马》等诗歌直接以古希腊人名、地名等为标题并且表现了古希腊罗马的生活或情状，颇为出色地再现了希腊人的思想与生活观念，如《赫西俄德》

在那些逝去的日子，那些怡然自得的快乐日子，
牛奶和蜜从神山潺潺流淌，

① 《别林斯基选集》，第三卷，满涛译，上海译文出版社 1982 年版，第 339 页。

流到神圣的奥尼亚柔滑的谷底，
这神赐的玉液以神奇的力量，
哺育了幼儿时期的众神；
于是一群年轻的女神，
轻捷地离开金色的群星闪耀的赫利孔山，
手臂交叉，放在宁静的摇篮前，
环绕它歌舞，用玫瑰花冠加冕，
在瀑布轰鸣的繁茂橡树林中，
孩子们把神赐的美味佳肴尽情享用，
他们的幼年时光其乐融融……
歌手早早弹起了竖琴：
树林和瀑布听得停止了歌吟，
泉水女神浮出水面，羞怯地凝神细听，
金色的雄狮也在歌手的脚下垂头静聆。

全诗描写了希腊众神孩提时代的生活，再现了希腊人在自然中自由自在的精神，展示了一种古希腊式的“静穆的伟大”。《古罗马》则描写了古罗马昔日的丰功伟绩与壮丽辉煌以及而今的破败不堪、满目凄凉。而《芦笛》、《回声与寂静》、《浅浮雕》、《啊，多么奇美的天空》等则借古希腊罗马的神话题材表现希腊人的生活、思想或描写希腊罗马的风光之美。如《芦笛》描写了森林之神潘制造芦笛的故事以及芦笛音乐的美妙，具有一种“高贵的单纯”：

这是干燥但声音响亮的芦苇……
善良的潘！小心翼翼
用细线重新编配
把它制成一支芦笛！

手指依次缓缓移动，
让我分享悠扬的乐声，
他们的思想和感觉霞飞云腾，
不断下降又上升，
在炎热的金色午时，
为了我，让树林和山岭入睡，
水泉女神也离开林间小溪
被接入岩洞内。

《啊，多么奇美的天空》则描写了罗马风光的美妙及其中所蕴含的古希腊罗马文化：

啊，多么奇美的天空，在这真正古典的罗马上方！
　置身这样的天空下，人都会情不自禁地变成艺术家。
自然和人在这里完全是另一番模样
　仿佛古埃拉多斯诗选中卓越诗歌的图画。
啊，请看：白色的石头上彷如悬挂的斗篷或帷幔，
　漫长的常春藤枝繁叶茂就像篱笆，
在两行柏树中间，是蓝中透黑的壁龛，
　从那里可以看见特里同丑陋无比的脸颊，
冰凉的口水从嘴里哗哗流下，跌落地面。
　靠近雪白的喷泉（啊，阴影遮蔽了它的部分光华！
一如红色紧身衣衬出那美好的体态！）
　放着带把的高水罐，一动不动地等待，
水会很快注满它，
　用手抱起带把高水罐，
它全身洒满了熠熠晚霞……

艺术家（应该是德国人）
赶紧对它们进行赏心悦目的描画，
以便由此给绘画提供意外的情节，
他完全不假思索，而我此时只画下
这一片奇妙的天空，绿油油的常春藤，
雪白的喷泉，和特里同凶狠丑陋的脸颊，
甚至整个的他本人，从头顶到脚下！

罗马风光之所以迷人首先是是因为它本身很美（天空奇美、自然风景也美），其次在某种程度上因为它是真正古典的罗马，保留着诸多古罗马时期的建筑与雕塑，使人如置身古希腊罗马时代卓越诗歌所展示美妙的图画中，情不自禁地变成诗人。

迈科夫还在诗歌中大量运用古希腊罗马神话典故，如古希腊神话中的复仇女神厄默尼德，翠鸟哈尔库俄涅，夜莺菲罗墨拉，酒神狄俄尼索斯的老师西勒诺斯，最早的太阳神赫利俄斯，海洋女神忒提斯，古罗马森林之神西尔瓦努斯，森林和田野之神、畜群和牧人的庇护者浮努斯，森林和田野女神浮娜，果树女神波摩娜，科学和艺术之神嘉米娜，酒神巴克斯，古意大利的女农神赛里斯，等等。如短短几行的《在约定的时间》就用了翠鸟哈尔库俄涅、晨光女神厄俄斯的情人——俊美猎人刻法罗斯等两个典故：

在约定的时间，我在山洞等你。
直到天色渐渐黯淡；头睡意沉沉地摇晃，
白杨沉沉入睡，哈尔库俄涅也不再发出声响，——
徒劳无益！……月亮升起，银光闪闪，又消逝；
夜色渐淡；刻法罗斯的情人
把臂肘支在新的一天

鲜红的大门上，从自己的发辫里
纷纷掉落一颗颗珍珠般的金粒，
散落在蓝闪闪的森林和谷地，——
而你，仍然没有出现……

第二，自然性。主要指诗人喜爱和平宁静的大自然尤其是希腊式的田园风格，往往静观自然，并生动地描写自然。对此，别林斯基已有初步论述："大自然不仅对于个别的人是诗歌的摇篮：通过古代希腊人作为代表，大自然也是整个人类的诗歌的高尚感动力。就这一点来说，马伊科夫君的诗才在其起源上是跟古希腊的诗才相接近的；它像古希腊的诗才一样，从大自然中汲取其柔和的、安谧的、贞洁的、深刻的灵感；它像古希腊的诗才一样，在还是幼稚而明朗的灵魂里，还在大自然怀抱中直接地感觉到自己的一颗心灵里，找到永无穷竭的内容，来编写芬芳而又谐婉、朴实而又优雅的歌谣。"[1] 斯捷潘诺夫也进而谈到："诗人梦想'逝去的日子，欢乐怡然的日子'，那时流淌着源自神山的乳和蜜（《赫西俄德》）。迈科夫把这种关于古希腊生活的田园风格的想象带入现实生活。甚至俄罗斯风景和北方的大自然也被他以古希腊的艺术形式呈现出来：堆满草垛的金黄色的庄稼地，湖面上稠密的芦苇，飘渺的白色雾气，——一如古代埃拉多斯的风景一样，获得了透明、宁静和雕塑般的表现力。"如《梦》不仅描写了美丽、宁静的大自然，更出现了希腊神话中安详和蔼的女神，带来了和谐的宁静：

当阴影像一团团透明的云烟
在堆满干草垛的金灿灿田地里漫延，
在蓝幽幽的森林里，在湿漉漉的草地上漫延；

---

① 《别林斯基选集》，第三卷，满涛译，上海译文出版社 1982 年版，第 338 页。

当水汽柱在湖面上白光闪闪，
天鹅在稀疏的芦苇丛中慢悠悠地摇晃，
披着轻睡的衣裳，倒映在水面上，——
这时，我走进自己心爱的草房，
金合欢和橡树在四周围成高墙；
就在那里，在约定的时刻，安详的女神，
和蔼的微笑溢满双唇，
头戴闪烁的星星和暗色虞美人草编成的花冠，
从神秘高空，沿着空中道路翩翩降临到我面前，
她把淡黄的光辉洒满我头顶，
又用手轻轻蒙住我的眼睛，
撩起头发，头朝我下倾，
轻轻地吻我的嘴唇和眼睛。

别林斯基对这首诗赞不绝口："富有奇妙诗意和华美艺术性的短品《梦》"，"这恰好是这样的一首艺术作品，它那种温柔的、纯洁的、锁闭在自身内的美，俗众对之完全是无动于衷的，觉察不到的，而在懂得艺术创作秘密的人看来，它却显得格外明白，耀眼地突出，多么柔和、温存的画笔，多么技艺高超的、显示出坚强力量和艺术方面富有经验的手腕的雕刻刀！多么富有诗意的内容，多么婀娜多姿的、芬芳馥郁的、谐婉优美的形象！只要写出一首这样的诗，就已经足够证明作者拥有着卓越的、超乎寻常的才禀。就连普希金写出这样的诗来，也将是他的最好的古希腊罗马风短品之一。在这首诗里，艺术显得是真正的艺术，婀娜多姿的形式非常明晰地充满着生动的概念。"[①] 多年后，他在《罗马哀歌》一文中再次谈到："一个不著名、但却卓有才思的诗人写过一首古希腊罗马风味

① 《别林斯基选集》，第三卷，满涛译，上海译文出版社 1982 年版，第 332 页，333 页。

诗，描写在五月瑰丽黄昏散步之后的梦幻，或者宁可说是昏睡的魅力：你读一读它，你自己就会比任何解释都更加清楚地懂得，诗歌是不可言喻的思想的表现，隐秘的事物的披露——是表达静默而且迷茫的感觉的鲜明的、明确的语言！”[①]《啊，黎明的清新气息》也清新而生动、和谐而宁静：

啊，黎明的清新气息
飘进窗来，令我心神顿爽。
于一片玄谧的宁静中，
眺望着朝霞辉映的万千景象；
远处那一片松林，
头戴桂冠，送来阵阵树脂香，
东方的天际像一块朱红的壁毯，
羞怯的司晨女神，点燃了漫天霞光，
她那殷红的倩影倒映在水面上，
那一排排黑云杉林中，
海湾静卧在海岸的怀里，无限安详。

宁静的黎明，朝霞辉映，松林茂密，树脂香阵阵飘传，水面平静如镜，倒映着漫天霞辉，景色美丽动人。司晨女神即希腊神话中的黎明女神 Аврора，汉译“奥罗拉”或“阿芙罗拉”，她的出现，则使全诗带有希腊风味。《冬日的清晨》则让俄国的大自然也披上了古希腊色彩：

天气寒冷。雪吱吱地响。田野上空白雾弥漫。
茅屋上升起了一团团清晨的炊烟，

① 《别林斯基选集》，第五卷，辛未艾译，上海译文出版社 2005 年版，第 49 页。

在天空似火红霞的琥珀色余辉里氤氲。
我沉思地看着光秃秃的树林，
初雪像毯子覆盖了所有屋顶，
凝固的河面平滑如镜，
冉冉升起了红艳艳的太阳。
雪的白银闪射出紫红的光；
结晶的霜花，就像雪白的绒毛，
缀满死灰色的枝梢。
我喜欢凝视玻璃上奇美的花纹，
用每一幅新的图画爽目怡神；
我喜欢静静地欣赏，乡村
怎样快乐地迎接冬天的清晨：
在平坦的冰层和光滑的河面，
冰刀尖声吱吱作响，闪耀出金星点点；
猎人们滑雪急急奔向茂密的森林；
茅屋里干树枝噼啪燃烧，满屋如春，
渔夫坐在火边修补撕破的渔网，
他望着坑坑洼洼密布的玻璃窗，
忆起了甜蜜的往日情景——
伴着朝霞初升，天鹅发出阵阵叫声，
伴着雨暴风横，水面波翻浪卷，
伴着夜深人静，在庄稼地保护下的海湾，
收获了鱼儿满舱，令人欣幸，
一直到月亮露出她沉思的眼睛，
给沉睡的无底海面镀上一片金光，
照亮了渔夫正在升起的大渔网。

美丽多姿的冬日清晨，人们的生活、劳动都自然而平静，俄罗斯的大自然、农村，一切的一切，都充满了美，充满着生机，但又像古希腊一样和平、和谐而宁静。

正因为上述作品和特色，梅列日科夫斯基认为："迈科夫的生活是平静的艺术家的生活，就好像他不属于我们这个时代。命运让迈科夫的生活道路平坦而光明，没有战争、没有痛苦、没有敌人、没有压迫。"

第三，现实性。古希腊罗马文学突出的特点是重视人，热爱现实生活，追求现世享受。受古希腊罗马文学影响，迈科夫的古希腊罗马风格诗歌的现实性表现为：关心人，热爱现实生活，追求现实生活的欢乐，有一定的享乐主义倾向。

"古希腊罗马艺术的人道主义，它关注和谐与出色的人。"古希腊人更是有一种德国著名学者温克尔曼说的"高贵的单纯，静穆的伟大"[①]。由此，迈科夫认为古希腊罗马人是智慧、高雅、大气同时又单纯、感性、稳重的。因此，其抒情诗中的人物往往是憨厚的渔夫、艺术家、快乐的姑娘等，他们任何时候都不会对自己的多舛命运像怨妇般抱怨、喋喋不休，也不会违背自然的培育和教导，而是从自然中汲取灵魂所需的勇气，而自然也在挫折和劳动中帮扶他们。如《在这个用可怜的苔草加冕的荒僻海岬》：

在这个用可怜的苔草加冕的荒僻海岬，
覆盖着衰朽的灌木林和翠绿的松林，
悲伤的梅尼斯克，年迈的老渔夫安葬了死于非命的儿子。
大海吞噬了他的生命，
把他纳入自己宽阔的怀抱，

① 温克尔曼认为："希腊杰作有一种普遍和主要的特点，这便是高贵的单纯和静穆的伟大。"详见【德】温克尔曼：《希腊人的艺术》，邵大箴译，广西师范大学出版社2001版，第17页。

僵硬的尸身被小心翼翼地冲回水湄。
在枝繁叶茂的柳树下，痛哭亡儿的父亲，
为儿子挖好了坟墓，还用石头砌好四围，
柳条编制的鱼篓挂在柳树上——
这就是令人伤心的贫寒简陋的纪念碑！

年迈的渔夫的儿子死于非命，但大海一方面吞噬了他的生命，另一方面也“小心翼翼地”把尸身冲回岸边，送交给父亲。年迈的父亲尽管上悲痛欲绝，但只是“痛哭亡儿”，并未埋天怨地，更没有喋喋不休，而是为儿子挖好坟墓，并用石头砌好四周，用鱼篓当做纪念碑。

更重要的是，“迈科夫的诗歌不仅仅体现在对古希腊罗马风情的诗歌的形式种类的转向，而且还有内容，即转向神话，转向古希腊罗马多神教的，伊壁鸠鲁的世界观。他力图冲破缠绕生命的重重矛盾而沉浸于快乐和谐的美，从而获得真正的清醒，人与自然生命的理想的平衡，在希腊罗马艺术均衡、单纯的形式中找到自己的表达形式”。而“伊壁鸠鲁式的享乐主义生活哲学是迈科夫‘古希腊罗马风抒情诗’的基础，它追求美的享受，远离现实问题和时代风波。享受艺术、大自然、爱情和美酒——这就是诗人心目中‘生活的智慧’”。如《巴克斯》就表现了陶醉现世、纵情美酒和人生欢乐的享乐主义生活态度：

在那个葡萄覆盖的昏暗山洞里，
宙斯的儿子被托付给倪萨的山岳女神们抚育。
他从人间消失，也瞒过了众神，
在溪水的潺湲和芦苇的沙沙中长大成人。
只有温和的森林之神用神奇的芦笛

愉悦摇篮里安静的婴儿……
在森林女神们甜蜜的关怀下他多么快乐！
僻静的岩洞突然变得生气勃勃。
在那里，他身着雪豹皮，就像穿着帝王的紫袍，
带上提姆班，拿着手杖，尽显神的风貌。
时而，滑稽地用啤酒花和常春藤缠住犄角，
逗得森林女神和萨提尔哈哈大笑，
时而，从弯曲的藤蔓上摘下一嘟噜葡萄串，
把它们编成花冠戴在头上为自己加冕，
或者笑着亲手挤榨琼浆玉液，
从金色的嘟噜中滴进响声银白的杯爵，
当四溅的野果汁射进
他的眼睛，他感到十分开心。

汉密尔顿指出："快乐地生活，认识到世界的美好和生于其中的无限乐趣，是希腊迥然不同于以前所有的社会的一个特点。这个特点至关重要……生活永远是奇妙的、令人欣喜的，世界永远是美好的，而他们，永远为生于其中而欢歌。……甚至日常生活中的点点滴滴的乐趣，在希腊人看来也是真切的享受。荷马这样写道：'盛筵、琴音、舞蹈、更衣、沐浴、爱和酣睡，这些对我们来说永远弥足珍贵。'"[①] 迈科夫这首诗突出地体现了希腊人的这种人生观，生活充满欢乐，满足于日常生活的点滴欢乐。《阿那克瑞翁》既肯定了古希腊人外出征讨、建功立业的人生目标，也写出了希腊人在家里安享人生，沉醉于美酒的另一种人生态度：

① 【美】汉密尔顿：《希腊精神——西方文明的源泉》，葛海滨译，辽宁教育出版社2003年版，第13—15页。

就让年老的爷爷
为敏捷的孙子们自豪吧，
这些勇士，带了大群俘虏回家，
还有战利品，证明大捷；
大海波涛起伏的美——
如飞向前的帆船；
民族的荣誉——是长老的智慧圈
闪耀着权力的光辉；
我的朋友，可对于我来说，
更可爱的是，在暴风雨和阴雨天，
在茅屋的温暖火炉边，
把橡树的大块树墩塞进炉里，
手拿沉重的大高脚酒杯，
一杯杯喝醉，话语也带着醉意。

不过，“古希腊是一个崇尚英雄主义和社会活动的时代……在古希腊人的观念中，行动和事业重于一切”[①]，“希腊人迫切地渴望拥有荣誉和应得的赞美。他过去、现在都必定争强好胜、雄心勃勃，热切地为一已之事而行动”[②]。神话与史诗中的希腊英雄宁肯马革裹尸地追求战场上的声名，也不愿长命百岁无声无息地活下去（如阿基琉斯）。希腊悲剧中的主人公大多是敢于行动，极力完成自己事业的英雄。《被缚的普罗米修斯》中，普罗米修斯盗火给人类，并且为了人类敢于做一个伟大的殉道者，忍受非凡的苦难。《俄狄浦斯王》中，俄狄浦斯为了替城邦消灾、给人民造福，排除一切阻拦，追查杀死老王的凶手。《美狄亚》中的美狄亚为了报复忘恩负

① 蒋培坤、丁子霖：《古希腊罗马美学与诗学》，山西人民出版社 1987 年版，第 164 页。
② ［英］基托：《希腊人》，徐卫翔、黄韬译，上海人民出版社 1998 年版，第 321—322 页。

义地遗弃自己的伊阿宋，接二连三地采取了报仇的行动。“用希腊人的眼睛看生活”的迈科夫，有不少的诗歌表现了这类希腊式的生活态度和人生追求。

《沉思》表现了与安享人生相反的人生态度——不愿过平静富足的生活而愿“在不安分的斗争中变得坚强”，享受搏击人生风波的进取之乐：

家神庇佑下的人快乐无忧，
他引领着时代潮流！
众神赐予他丰富的礼物：
他的牧场处处腾绿，赛里斯使他的田地富足；
围抱着房屋的是枝繁叶茂的金合欢和橄榄，
池塘上方竖立着金字塔型的花环，
浓密的白杨冒出茸茸嫩芽，闪着银光，
葡萄藤每年临近秋天都会被多汁的果穗压弯身膀：
巴克斯赐福它们……
对他来说，厄默尼德毫不阴森：
他毫无惧意地等待厄瑞玻斯的恐怖；
而现在他的手毫不踌躇
把祭天神坛上的鲜果、琥珀色的蜂蜜推翻，
环绕它们的，是玫瑰花串和桃金娘枝叶编成的花冠……
但我不愿过这种平静无波的生活：
它那节奏均匀的水流使我深感难过。
我隐痛在心，并时常渴求
既有暴风雨，也有惊慌和珍贵的自由，
让我的精神在不安分的斗争中变得坚强，
张开像鹰一样宽阔的翅膀，

面对普遍的恐怖，飞临山顶的冰雪上空，
坠入深渊，并隐没在天蓝之中。

另一首《沉思》进而明确表示要远离和平宁静的生活，而希望雷雨交加，惊恐不安，以此享受“春天大雷雨的全部华丽”，体会真正生活应有的苦涩而甜蜜的眼泪：

和平宁静的生活——是灿烂美好的光阴；
惊恐不安的生活——是初春的大雷雨。
那边——阳光闪耀在炎热的橄榄树荫，
而这边——雷声隆隆，电光闪闪，泪珠滴滴……
啊！给我春天大雷雨的全部华丽，
还有那绵绵的眼泪，既苦涩又甜蜜！

第四，艺术性。这里的艺术性指的是热爱美热爱艺术，思考艺术问题，大量描写艺术和美。

古希腊文化和文学的突出特点之一是重视和谐，热爱美热爱艺术，有人甚至认为，当帕里斯面对雅典娜许诺的世界上最伟大的战士（荣誉）、赫拉许诺的亚洲最伟大的君王（权势）、阿佛洛狄忒许诺的天下第一美人（美），毅然选择了美而舍弃了荣誉与权势，这就是希腊人的选择。正因为如此，古希腊才给后世留下了具有永恒艺术魅力的美的作品——神话、史诗、抒情诗、戏剧以及各种绘画与尤其是雕塑。

而“对于迈科夫来说，大自然和人的生命是一个融成一片的和谐统一体。……在他的诗歌中，古希腊人的形象、浮雕、古希腊雕塑般的精神和谐的神和女神，作为真正美的形象出现了。刻着普里阿普雕像的枝繁叶茂的山毛榉遍布的花园，黑暗岩洞旁裸体的酒神女祭司，身着柔软的天鹅绒的苍蝇，姑娘把嗡嗡响的水罐浸入其中的山泉，——这些就是迈科夫诗中一目了然的形象。”

更重要的是，迈科夫在诗歌中较多地思考艺术问题，大量描写艺术和美。如《八行诗》：

诗歌的和谐中有天神的秘密，
智者的书籍也无法猜破这个谜：
在静谧的河岸边独自徘徊，
心灵突然听见芦苇的低语，
橡树的交谈；感觉并捕获
它们那特殊的音响……于是
音调优美、节奏和谐的八行诗句
就自然流出，一如森林的欢歌。

有学者对此阐述道：“迈科夫非常推崇和热爱古希腊罗马文学，他仿照其体裁和内容进行创作的古风诗被认为是他创作中的精华部分。诗人走向古典，走向原始的追求带有明显的浪漫主义色彩。驱使他本人去寻觅古希腊罗马时代的自然与和谐之美。迈科夫的艺术观倾向于‘纯艺术派’，他力图在静观自然与陶醉于艺术中回避矛盾重重的社会现实的冲突与斗争。名篇《八行诗》较充分地反映出他的美学观。在他的心目中，理智是软弱无力的，他倡导从大自然中获取灵感，以心灵去贴近和捕捉大自然的形象、色彩和音响，谛听芦苇的低吟，橡树的絮语，由此获得和美流畅的诗句。”[1] 的确，这首诗表现了诗人那种只要远离理性，到大自然中去用心感受、捕捉、体会，自然而然就会创作出好的诗歌的美学观念。《Е. П. М》也写到只要沉浸在大自然中，潜心感受，细心体会，哪怕当时没有

① 飞白主编《世界诗库》第5卷，花城出版社1994年版，第199页。

艺术创作，但这和体会已深入心灵，只要时机一到，它就会自动变形为诗歌：

我喜欢整日在山岭和岩石间度过……
不要以为此时我会思索
上天的仁慈，自然的庄严，
在这一种和谐中，我开始构思诗歌。
我漫不经心地观看
林中湖水静寂的水面和松林茂密的枝柯，
黄色的峭壁沉浸在忧郁的沉默里，
我漫无目的，懒洋洋地看着
大雁、仙鹤和野鸭列队从田野飞过，
欢叫着潜入水底，
我下意识地望着水流对钓鱼竿轻抚慢拨，
忘记了散文和诗歌……

然而，远离这可爱的场景，
在深夜，我感到，这些可爱的幻影
浮现在我眼前，五光十色，云飞烟腾，
我向这些幻影致敬，
于是我了解了森林、梯形的远山茫茫，
湖泊……这时，我听到了
血液如何燃烧，神圣的喜悦如何在心中沸腾，
诗歌怎样定型，思想如何生长……

《艺术》进而写到只要具备艺术条件、艺术修养，时机一到，自然就会产生优美的艺术：

我在喧嚣的海滨为自己砍下一根芦苇。
被遗忘的它沉默地躺在我简陋的茅舍里，
一次一个过路老人顺便借宿住在茅舍，
看见了这根芦苇。（他深感惊异，
在我们这种偏远地方竟有如此奇异的东西。）
他截下一段，凿出几个小孔，让它紧贴唇边，
生气勃勃的芦苇突然歌声飞起，
有时，海边活跃起来是多么神奇，
只要微风在水面轻轻荡起涟漪，
苇杆就会摇晃，乐声在海滨四溢。

关于《八行诗》、《艺术》这两首诗，别林斯基有颇为精彩的论述："在这两首诗里，美丽的内容表现在以技艺高超的修饰见长的美丽形式里。至于讲到内容，那么，它在这里是作者的这样一种美学的基本命题、基本原则，即：大自然是诗人的导师和鼓舞者；他首先开始向大自然学习在艺术方面编写甜美诗歌；在嘹亮的八行诗、谐婉的六音步诗和芦苇的低叹、槲木林的絮语之间，有着相互关系、血缘关系……这是一种富有深刻生命力的、诗情的真实的原则！"[①] 斯捷潘诺夫更具体地指出：迈科夫的第一部诗集沉浸在自己的世界里，其中尽是古希腊的形象，雕塑，相对的美与和谐的大自然，诗人平静地沉思的美。在这些诗中艺术和诗的主题占重要地位。这一主题也正反映了诗人对生活的理解。在《艺术》一诗中迈科夫谈论了音乐和旋律的产生。"过路的老翁"用剪断的芦苇杆做成的长笛吹奏出响彻四周的乐声，充满人的激情的芦苇传达出大自然单纯而美好的心灵。艺术对迈科夫来说，是对大自然忠诚的表

---

① 《别林斯基选集》，第三卷，满涛译，上海译文出版社 1982 年版，第 336—337 页。

达，是亘古不变的美，艺术是远离尘嚣的，是消极的、旁观的。艺术是独立于人而自发产生的，人无法猜测它的秘密。艺术家只能捕捉生活中短暂的瞬间，找到表达“天神的秘密”的和声的诗歌形式，把它们变成艺术的创造。在《八行诗》中，迈科夫充分表达了自己的美学观点。诗歌对于他来说是不可思议的理性的开始，是大自然亲自对诗人悄悄提醒的神秘和声：“诗句的和谐中有天神的秘密，/智者的书籍也无法猜破这个谜”，只有“橡树林的交谈”、“芦苇的低语”才能暗示出诗歌的谐音和它们“音调优美、节奏和谐的八行诗句”。

在《诗人的思想》一诗中，迈科夫更是明确认为，诗人的思想自由无羁，冲决一切束缚，它自己为自己制定法则，但又是那么和谐匀美：

哦，诗人的思想！你自由无羁，
仿若哈尔库俄涅的自由之歌，
你自己为自己制定法则，
你本身就和谐匀美如一！
是谁要告诉闪电：
不要把夜幕撕成片片飘萍，
是谁要告诉山鹰：
不要在空中展翅盘旋，
不要自豪地仰望太阳，
也不要沐浴着玫瑰色的霞光，
抖开自己黑色的翅膀
在海面哗哗击浪？

《诗》则强调艺术女神嘉米娜这一艺术的象征，使生活变得丰富多彩，让人们变得异常可爱，让这个世界到处都充满了诗意：

热爱吧，热爱嘉米娜，为她把神香点起来！
因为她，生活变得丰富多彩；
因为她，我们才变得异常可爱；
天空的景象，异教色彩的忒提斯，
法利诺硕果累累的葡萄园，
派斯同的玫瑰，在赤日炎炎的日子，
布兰杜济的水晶，那个世界十分凉爽，
还有古罗马神圣的庞大殿堂，
以及萨宾人村庄清晨的袅袅炊烟。

《怀疑》驳斥了世人的谬见——“诗歌是梦想”、“诗歌的世界空幻而虚假”、“美——就是模糊的空中楼房”，以一种过于唯物、过于实用的眼光看待大自然，没有诗意，没有奇思异想，然而，大自然的一切——包括树叶的沙沙、小溪的潺湲、大海的絮语，乃至太阳、月亮等等，都是大自然的神秘语言，能使领悟者感受到生活之美：

就让人们去说——诗歌是梦想，
热病中的心灵说出的毫无意义的梦话，
诗歌的世界空幻而虚假，
美——就是模糊的空中楼房；
就让航海家的远航中
没有危险的女妖塞壬；
茂密的森林中
没有护林女神；

清澈透明的小河中
没有金发的女河神；
就让宙斯掌中没有
战无不胜的闪电，
赫利俄斯也没有
夜间去往忒提斯的紫红宫殿；
但愿如此！然而，正午时分，
树叶的沙沙声是如此满蕴神秘，
小溪的潺湲声是如此优美动人，
大海的絮语声是如此富含深意，
白天的太阳满怀爱意
亲抚着大海的深渊，
月亮的面影却如此神秘，
心灵凝神细参
这所有的神秘语言；
你会情不自禁地把这些见闻
点化为生活之美，
你是否还不相信
这些可爱的谬悖！

被别林斯基称为“古代诗才的谐婉、淳朴的范本”[①]的《奥林波斯山的女神缪斯》一诗，则通过希腊神话中福玻斯和潘吹奏长笛的故事，表现了艺术需要天赋和技巧的观念：

奥林波斯山的女神缪斯，
把两只嘹亮的长笛

① 《别林斯基选集》，第三卷，满涛译，上海译文出版社 1982 年版，第 342 页。

交给了森林的保护神潘和光明之神福玻斯。
福玻斯吹响神笛，
无生命的苇杆中
神奇的声音飞溢。
四周温顺的河水凝神细听，
不敢用淙淙水声惊扰乐声。
风儿在古老橡树的叶子间沉沉入梦，
绿草鲜花树木被乐声感动，
纷纷泪流满面；
害羞的森林女神听到这乐声，
怯生生地藏到西尔瓦努斯和浮努斯中间。
歌者结束了演奏，驾起火红的马儿驰骋，
披着红紫紫的霞光，坐在金灿灿的马车上面。
可怜的森林保护神极力回想这神奇的乐声，
并让它们在自己的长笛中重现，但只枉然：
他吹奏出一个颤音，但却是浊世的颤音！
他愁闷满胸……
伤心的狂人啊！你可是打算
让天堂复活在这凡间？
请看：森林女神和浮努斯笑盈盈，
带着嘲弄的目光在倾听。

福玻斯具有真正的音乐天赋，是艺术天才，用自己的心灵自己的风格在演奏，而且懂得吹奏的艺术技巧，所以他能把芦笛吹得美妙无比，让绿草鲜花树木感动得泪流满面；而潘在这里是缺乏艺术天赋的人的象征，他不仅缺乏艺术天赋，而且没有自己的东西，只是一味地模仿别人，因而吹奏出的只是浊世的颤音，只能受到听众的嘲弄。

值得一提的是，迈科夫的古希腊罗马风格诗歌在当时具有某种矫正时弊的作用。“从最初的诗歌作品来看，迈科夫是以古希腊罗马抒情诗传统继承者的身份进入文坛的。这种诗歌的代表作家曾经有：普希金、杰尔维格、巴丘什科夫、格涅季奇。转向古希腊罗马抒情诗是十九世纪初俄罗斯诗歌史上意义重大又极富个性的现象。俄罗斯诗人复活了古希腊罗马文化中的人道主义，并且坚决主张与保守反动的沙皇专制政策悖逆的人道主义和仁爱。此时转向古希腊罗马的文化与艺术，充实了俄罗斯诗歌的艺术表现力，增强其古希腊罗马艺术的雕塑式的明晰。……迈科夫开始从事创作时文学界正刮起一阵摒弃普希金创作方法和传统之风。普希金及其同时代诗人的诗歌作品的鲜明性和雕塑式的深长意味被以霍米亚科夫、舍维廖夫为代表的形而上学的、抽象的哲学抒情诗，以及宣扬诗人精神的圣彼得堡大臣别涅季克托夫创作的索然无味的抒情诗所替代。在这种情况下转向古希腊罗马的传统具有原则性的意义，即延续普希金的原则。”而这，也为诗人自己的相关论述所充分证明。1850 年，迈科夫为诗人谢尔宾纳的诗集《希腊诗歌》写了一篇评论。在评论中，他充分肯定了谢尔宾纳的古希腊罗马风格诗歌的价值和意义：“近来欧洲和俄罗斯文学中的古希腊风情诗歌，在我们看来，起到了不断提醒我们摒弃诗人那朦胧的幻想和空洞的希望的作用，这种诗歌不断提醒我们那些经常被诗人们忽略的大自然之美，这种美贯通了古代世界，但常常被我们的诗人们遗忘，要么被私人化的我吞没，要么经常被变成让人着迷又令人失望的浪漫主义时代召唤的表达。”而这在某种程度上，也说出了诗人自己此类诗歌在当时的重要价值和意义。

（二）、自然诗。苏霍娃指出：“迈科夫、阿·康·托尔斯泰、费特有十足的理由可以称之为大自然的歌手。在他们的自然抒情诗中，他们三人全都达到了非常卓越的艺术家的高度，真正现实主义的深度。”的确，自然诗是迈科夫诗歌中的一种重要类型，也是其颇具特色的诗歌类型。它大约包括以下内容。

一是比较纯粹的自然风景。这类诗只是通篇描写纯粹的自然景象或自然风景，其主要特点是对自然现象观察细致，描写生动，如《雷雨》：

到处洋溢着生机和欢乐，
风儿从漫漫黑麦田里，
带来波浪般轻柔的
一阵阵芬芳和甜蜜。

可影子却像受了惊吓，
在金灿灿的麦田里东窜西蹦——
旋风疾驰而过——就一霎那——
于是与阳光劈面相逢，

阳光穿过半个天空的大门口，
袅袅升起，从那银晃晃的屋檐，
那里，从瓦灰色的帷幔后，
透射出光明与黑暗。

突然，仿佛有谁急忙
从田野上扯下绸缎桌布，
黑暗紧随其后，咬住不放，
越来越凶猛，越来越迅速。

圆柱早已向四处扩散，
银晃晃屋檐早已漫灭，
轰隆声无休止地震撼，
夹杂着闪电的大雨漫天倾泻……

哪里是太阳和晴空？
那里是田野的金光、山谷的宁静？
但暴风雨的喧嚣中也有其美境，
一粒粒冰雹舞兴正浓！

要抓到冰雹——需要勇敢！
要成为孩子们尊敬的勇士！
它们像成群的孩子尖声叫喊，
从台阶上飞速滚跳下去！

全诗细致生动地描写了夏日雷雨从酝酿到产生的过程：先是阳光灿烂，惠风和畅，接着乌云弥漫，旋风疾走，紧跟着夹杂着闪电的大雨漫天倾泻，并且伴有冰雹……又如《长浪》：

风暴疾驰而去，但铁灰色的大海还在可怕地喧嚣。
波浪如同从战场上凯旋的军队，无法平静，
混乱地奔跑着，相互追赶与超越，
互相炫耀着会战中的战利品：
　一块块蔚蓝的天空，
后退的金灿灿银闪闪的浮云，
　一片片红艳艳的霞影。

长浪是海上暴风后出现的一种海涌。这首小诗较为生动地描写了暴风过后海涌的动态美丽画面：喧嚣的铁灰色大海，混乱地相互追赶的波浪，海中倒映的蓝天，和或金灿灿或银闪闪的浮云，以及红艳艳的霞影……再如《在大理石般的海边》：

1

一切——仿若甜美的梦境……
山岭，岛屿，全都罩上轻纱，披上晨雾，
一如银晃晃、亮晶晶的酒杯斟满了宁静，
——这是他梦寐以求的幸福……
大海与天空融合成同一种光辉，
沉重的波浪哗哗拍击出一片珍珠，——
迫不及待的小舟陶醉于这种幻想，
忧郁地在广阔空间把你招呼。

2

红艳艳的船帆静静竖立，
海鸥嬉戏着懒洋洋的波浪，
在蔚蓝的种种颜色闪变里，
玫瑰红的光斑不断翻出新花样。

这是清晨和平宁静的大海：晨雾蒙蒙，和平静谧，海天同色，波浪拍击出一片片银色的珍珠，红色的船帆静立，银白的海鸥戏浪，大海的蔚蓝在不停地闪变，玫瑰红的光斑也在不断翻出新的花样……全诗观察相当细致，色彩鲜明，描写生动，充分写出了清晨大海的宁静美丽。有时，迈科夫也借翻译外国诗人的诗歌来表现纯粹的自然风景，译自波兰诗人密茨凯维奇的三首诗《阿克尔曼的草原》、《拜达尔山谷》、《阿卢什塔的白昼》就是如此，如《阿卢什塔的白昼》：

阳光灿烂，山脊摘下了自己的面纱。
金灿灿的麦田正在加快完成自己的祈祷，
森林轻轻颤动，把多余的卷发抖掉，
仿若汗的念珠散落，宝石雨和珍珠雨飞洒；

山谷是鲜花的海洋。每朵鲜花上
都有成群的彩蝶——飞舞的花朵也成群聚集——
林冠像钻石的波浪绿光熠熠；
而更高处——蝗虫正展翅飞翔。

光秃秃的岩石耸立在无底的大海旁。
泡沫翻滚的波浪在它脚下飞驰，碎裂，歌唱，
仿若老虎的眼睛，闪闪发亮，

带着骤然降临的思想同时飞向远方，
平静的蓝色大海——海鸥飞翔，
天鹅漫游，船舶泛着白光。

阿卢什塔是乌克兰克里米亚的旅游胜地，位于克里米亚半岛南岸，海拔高度50米，面积6.98平方公里，属亚热带气候，每年平均降雨量430毫米，有优良的海滩和凉爽的夏季，风光秀丽，景色宜人。这首诗是密茨凯维奇的克里米亚组诗之一，密茨凯维奇的原

诗是："大山摔掉了它的朦胧的肩巾，/ 金黄的麦田在早晨的祈祷中低语；/ 森林低着头，从它的头发里撒下 / 红玉、榴石，像哈里发的宝石的念珠。// 花朵开放着，遮满了整个草原，/ 还有像是飞翔的花朵的蝴蝶，/ 使金刚石的镰刀像虹彩一样鲜明；/ 远远的，蚱蜢张开了翼翅的衣褶。// 这不毛的岬角向大海凝视着，/ 那里，奔腾的海水来回地颠簸，/ 那预报着灾难的呜呜的咆哮 / 像燃烧着的老虎的眼睛一样闪烁，/ 远远的那方，波浪却静静地波动，/ 悠然地浴着一群群、一队队的白鹄。"[①] 密诗较为细致地描绘了阿卢什塔的自然美景，迈科夫在基本忠实于原诗的情况下，描写更为细腻，结尾更是把原诗平静的大海上只有天鹅悠游改为不仅有天鹅悠游，而且有海鸥飞翔，船舶泛着白光，从而使画面更广阔，也更有立体感，也更为生动。

二是田园诗。这类诗主要描写山林、田园风光，往往在山林、田园风光中引进农村的劳动者，从而使诗歌既表现田园风光，又写出了生活其中的农村百姓。而这在纯艺术派诗歌中是不多见的，贫寒的波隆斯基主要生活在城市，其诗歌不涉及农村劳作；阿·康·托尔斯泰是贵族，家境很好，不理农事，更不写农事题材；费特虽然长期经营农庄并且善于经营农庄，但由于其唯美主义主张的影响，只写纯美的东西，因此不触及农事劳作；只有迈科夫较多地把田园风景与劳动者、以及农事结合起来描写。如《风景》：

我爱徜徉于林间小道，
信步而行，随兴所之；
循着深深的车辙两条
前路无尽，漫漫逶迤……
绿林四周五彩缤纷；

① 《密茨凯维支诗选》，孙用、景行译，人民文学出版社 1958 年版，第 124—125 页。

枫树早已被秋天染成火云，
而云杉林依旧绿树荫浓；
金黄的杨树惊惶地抖颤，
白桦树叶飘落随风，
像地毯铺满了路面……
你走在上面仿若走在水里——
脚下哗哗直响……而耳中
传来丛林细碎的鼾声，那是
轻软的凤尾草正沉沉入梦，
而那一排排红艳艳的毒蝇蕈
就像童话里那些沉睡的小矮人……
太阳渐渐西沉……
远处的河水已金波荡漾……
磨坊里的水轮
早已在远方震响……
突然驶来一辆大车，
一会儿在夕阳下闪烁，
一会儿在绿荫中隐没……
一个老头儓马前行，一路吆喝，
就在车上，坐着一个小孩子，
爷爷讲着恐怖的故事逗吓孙子；
一条看家狗毛茸茸的尾巴垂得低低，
吠叫着在大车前后跑来跑去，
到处飘传着一片欢乐的狺狺，
响亮了林中的黄昏。

首先描写了秋天树林的多彩多姿的美和夕阳西下时的情景，然后再写赶车回家的爷爷和孙子，还有那条欢乐地吠叫的可爱的看家狗，从而使单纯的自然田园风景增加了最有活力的农民，景中有人，诗歌的内涵更为丰厚。黎皓智指出："这首诗清新、恬淡，洋溢着田园诗般的浓郁情趣，读后余韵不尽……诗人把悠然自得的牧歌情调表现得如此活泼鲜灵、意趣盎然，使人产生通体清凉之感。迈科夫把大自然描绘得这般有声有色、充满灵性，文字读来如行云流水，令人叹服。"① 诗人更多的时候，是让田园风景与农村劳作结合起来，描写了农村的劳动景象，如《刈草场》：

草地上弥漫着干草的芳香……
歌声令人心花怒放，
农妇们手拿草耙列队来回奔忙，
干草随风阵阵摇荡。

那边——在收集干草：
农夫们用干草叉把周围的干草
一一向身旁的大车上抛……
大车像房子，越长越高……

一匹瘦棱棱的公马等在旁边，
它一动不动地站着……
两耳竖着，腿儿微弯，
仿佛站着在小睡片刻……

只有那条活泼的看家狗，
在羊毛般松软的干草中，

① 许自强主编《世界名诗鉴赏金库》，中国妇女出版社1991年版，第647页。

时而钻入其中，时而朝上疾走，

又滚下去，发出气喘吁吁的吠声。

全诗细致地描写了农村收割干草时的劳动景象：漫漫草地上弥漫着干草的芳香，劳动者的歌声令人心花怒放，农妇们手拿草耙来回奔忙，农夫们用干草叉把干草叉上身旁的大车，公马静静地等在旁边，闲不住的看家狗则在草丛里钻来钻去，兴奋地发出气喘吁吁的吠声……有时，诗人描写劳动后的田园景象，如《收割期的夜晚》：

暮色越来越浓，
从田野里走回一群割麦女……
远方已变得一片寂静，
没有了孩子们的哭笑、狗叫、妇女们的闲言闲语。

劳动的队伍已经离开……
田野又归于宁静！……
仿若无边无际的军事营寨，
干草垛四周矗立着一个个麦捆！

漫漫无尽的金黄庄稼地里，
就连露珠都被熏黑，
夜色已弥漫到天际，
繁星静静地闪耀着清辉。

瞧，一钩新月升起……
但一团透明的云彩

在蓝湛湛的天空里
像烟一样散开；

仿佛有一位天使
身穿白色袈裟，头戴花冠，
手里的大镰刀银光熠熠，
站在劳动的庄稼地上面。

启明星在天边不停地闪烁，
那是在为田野默默祝福，
奖励割麦女的艰苦劳作，
她们用汗水灌溉了这片热土。

全诗描写了割麦女在黄昏回家后田野的宁静，只有干草垛四周的一个个麦捆，见证了白天的劳动，新月升起，云彩散开，启明星在不停闪烁——正在为田野默默祝福，奖励割麦女用艰苦的劳作获得了丰收，正是她们用汗水浇灌了这片热土。

即便是夏天的骤雨，诗人也能使之和劳动、收获联系起来，如《夏雨》：

"金子，金子从天上往下掉！"
孩子们叫喊着，飞跑着追雨……
"别追了，孩子们，我们来把它们收集，
只有收集好一颗颗金灿灿的谷粒，
粮仓里才会装满香喷喷的面包！"

夏天的雨，来得突然，而且往往是太阳雨，诗中的这场雨就是一场太阳雨，诗人巧妙地通过大人与孩子的对话，先是把它变成一粒粒金子（孩子的眼光），然后再把它转换成金灿灿的谷粒（成人的眼光），在一幅生动可爱的孩子夏日追雨图中，让夏日的雨与人们的劳动联系起来，从而表达了尊敬劳动、勤于劳动、爱惜劳动果实的观念。苏霍娃指出，迈科夫的诗中，正是太阳赋予早已失去新鲜颜色的旧东西以新的生命。在只有短短五行的《夏雨》中，“金色”在开头和结尾分别出现了两次。为什么会有金色的雨呢？这是因为阳光照透了它们。金灿灿的雨等于金灿灿的面包。自然和人的所有劳作等于收获。

三是蕴含哲理的自然诗（主要表现人与永恒的关系）。俄国学者斯捷潘诺夫指出：“对于迈科夫来说，大自然和人的生命是一个融成一片的和谐统一体。”正因为如此，迈科夫在自然诗中更多地让自然景象与人的心灵或精神相通，进而通过自然来表达自己对世界和人生的哲理思索，创作了不少蕴含哲理的自然诗。这类诗大体包括以下几类。

一是让自然景象与人的心灵或精神相通，以表达独特的思想感情。他或者描写自然景象引发心灵的改变，如《春天！探出第一扇窗——》：

> 春天！探出第一扇窗——
> 屋里突然闯进一片喧哗，
> 　有附近教堂的钟声当当，
> 有人们的喁喁交谈，还有车轮轧轧。
>
> 我心里腾飞起生命和希望的彩蝶：
> 　瞧——远方早已是清晰的一片澄碧……
> 　我多想走进那辽阔的田野，

春天在那里一边庄严行进，一边把鲜花撒满大地。

这是迈科夫的一首名诗，描写了活力四溢的春天给人的心灵带来的活力、希望。陈松岩对此有较具体的分析："俄国乡村的住房通常有两层窗扇，外层为封闭式的窗板，它从秋天一直挂到春暖花开时节才取下。诗人抓住这个富有诗趣的时刻，使人产生眼界顿开之感。关闭一冬的护窗刚一取下，首先触及诗人感官的是外界的万般声响。正所谓'人景未到，其声先闻'，从寺庙齐鸣的钟声，从人们的欢声笑语以及街上车马隆隆作响声中，诗人听到了春天给大自然以及人们心灵带来的喜悦和欢欣，空寂的心为之一振。外界的盎然春意感染了诗人，使诗人心中'又充满生机和自由'，不禁欣然临窗远眺。首先映入眼帘的是一望无边碧蓝澄清的晴空，它使诗人心胸开阔，激情震荡，恨不得立刻奔向广阔的田野，尽情宣泄心中的欢乐。"[①]《鹤群》：也是如此

从忧伤的思绪中清醒，
我从大地抬起眼睛：
在蓝幽幽的天穹
仙鹤成群地飞行。

鹤唳声声漫传遥远的天庭，
仿佛祈祷前教堂的钟声——
问候古老的森林，
问候熟识的茫茫波光水影！……

在这里，这些湖水，早已

① 张玉书主编《外国抒情诗赏析辞典》，北京师范学院出版社1991年版，第312页。

全部流进森林，灌溉鲜绿的麦苗……
还有什么？一切足矣，
爱情和思考也不再需要……

全诗表现了鹤群及鹤唳声声使人与自然融为一体，甚至连爱情与思考都属多余，不再需要。《沼泽》则表现了诗人独自在自然中与自然相处相通，并试图参详自然的秘密：

我整小时在与沼泽周旋。
那里硬毛草丛立，像刷子般坚硬；
那里池塘盈盈碧水溢出塘岸；
青蛙费力地爬上突出水面的树墩，
就像登上了舞台的一角，
舒服地晒着太阳，打着瞌睡……
瘦弱的花儿披着雪白的绒毛，
在它上面整群的小蚊虫嗡嗡翻飞；
只有鲜嫩多汁的勿忘我草以绿松石的眼睛
从四面八方温柔地望着我的眼睛；
环绕瘦弱干枯的苇茎
忙忙碌碌的蜻蜓，
和偶然闯入的白蝴蝶飞来飞去，
使这个荒凉的沼泽世界充满生气。
啊，这荒芜之地真是美好梦乡！……
而曾有些日子，我的想象
只是迷恋那云朵般的群山，
深邃蓝天节日般的空间。
修道院和白色别墅的篱笆

在绿色的常春藤和葡萄下……
在哑默废墟的圆柱中间
月亮壮丽地冉冉东升，
照得山上飞泻的瀑布如银练……
我觉得这抑扬婉转的奇妙和声
包括滚滚波浪的吟啸；
它进入一个无边无际的世界，
在那里我对陌生的灵魂倍觉胆怯，
我突然喜不自禁地感到
人们在场。透过接连不断的喧嚣，
驮载的马儿铃声叮当，
慢慢走下山间小道……
瞧——现在这个幻想
已占据心灵，一如过去的时光，
就在这里，如醉如狂
同我把自然的秘密参详。

《春》一诗，则由初春的到来引发心灵深沉的哲理感慨：

淡蓝的，纯洁的
　雪莲花！
紧靠着疏松的
　最后一片雪花……

是最后一滴泪珠
　告别昔日的忧伤，
是对另一种幸福

崭新的幻想……

寒冬将去，初春已到，绽放的雪莲花就是春天的使节，尽管它的身旁还有最后一片雪花！由此，诗人心潮激荡，浮想联翩：这既是最后一滴泪珠，告别了昔日的忧伤；又是对另一种幸福的崭新的幻想。

进而，诗人不仅写自然与人的心灵的相通，更由此思考生命和人生，从而使诗歌富有颇为深厚的哲理意蕴。如《秋天》由自然界的秋天写到心灵的秋天，并在其中表达了关于生死的哲思：

林中湿漉漉的地面盖了一床
　金灿灿的落叶被，
我鲁莽地用双脚踩脏
　森林那春天的美。

我的两腮冻得通红：
　在森林中奔跑真畅美，
听着树枝的劈啪声声，
　用脚把树叶扒成一堆。

昔日的欢乐在这里已荡然无存，
森林已全然敞露自己的秘密，
最后一颗核桃也被摘净，
　最后一朵鲜花也已零落成泥。

青苔不再往上攀爬，
　毛茸茸的乳蘑不再成堆地钻出，

树墩四周也不再悬挂
　越橘那紫红的流苏。

夜间的严寒藏身树叶中
　久久不散，
纯净透明的天空
　透过森林冷冷观看。

树叶在脚下沙沙直响；
　死神铺开了自己的俘获……
只有我心花怒放——
　欢天喜地唱起了歌！

我知道，我在青苔间
　摘下早春的雪莲花定有因果；
我和每一朵花都有缘，
　直到晚秋最后的花朵：

心灵向鲜花讲述了什么秘密，
　鲜花又把什么诉说给心灵，
在冬天的每日每夜我都将回忆，
　满怀幸福的深情。

树叶在脚下沙沙直响；
　死神铺开了自己的俘获……
只有我心花怒放——
　欢天喜地唱起了歌！

黎皓智对此诗有较具体的分析："诗篇从大自然之秋写到诗人的心灵之秋。大自然的秋天是一幅现实主义图画：青苔消失，严寒凝聚，落叶铺陈在大地，森林脱下了神秘的外衣。秋天是严峻的，带走了人们'往日的慰藉'，秋天也是可怕的，'死神把自己的祭品铺砌'。然而，诗人在着力渲染了这个纯净的秋天世界之后，并没有抒泄孤独和苦闷的情绪；他笔锋一转，流露出自己内心的欢愉，他在'如痴如狂地唱着歌曲！'诗人心灵上的秋天是欣欣向荣的。""迈科夫不仅用诗人的心灵去感受秋天，而且用哲学家深邃的思想去理解秋天。在冬季那漫长的日日夜夜之中，他透过秋天的落英，可以怀着幸福的心情回忆起春天的明媚。这，就是'心灵向鲜花'诉说的悄悄话语，也是'鲜花向心灵'捎来的信息。心灵上的感应和思想上的顿悟相契合。""诗人把景、情、理结合在一起，情景交融，以情达理。写景，浓淡交错，动静相宜；写情，热烈明丽，真挚感人；写理，言此及彼，余味无穷，秋色美、心灵美与情操美交融在一起。"[①]《夜声》更是从夜晚的各种声音和天空中的繁星感受到永恒：

啊，无月的夜晚！……被你迷住的我，
站着并倾听，像一个热恋者……
你的法衣里包裹着多么美妙的音乐！
周围——玻璃般清脆的声音像泉水流泻；
那边——一片叶子在钻石般的水滴下颤栗；
那边——田野上的鸟儿在千篇一律地啾啾唧唧；
蜻蜓，像钟表，在灌木丛中敲击；
从河面，从多沼泽的小岛，从芦苇里，

① 许自强主编《世界名诗鉴赏金库》，中国妇女出版社 1991 年版，第 650 页。

传来蟾蜍汹涌澎湃的大合唱，
就像沉闷的低音，发自遥远的地方，
遥远磨坊沉闷的隆隆
主宰着这夜间的一切和声，
在风中时而震天动地，时而一声不张，
而繁星……不，就在那边，在蓝天上，
金属般的繁星熠熠发光跳动不停，
让我感觉到永恒之流的轰鸣。

《阿尔卑斯冰川》一诗则更加明确地表达了心灵对永恒的向往：

湿漉漉的烟雾在峡谷里弥漫，
而那边——就像轻飘飘的幻影，
在紫红色的早晨闪现出冰川，
沉醉在羞怯、童贞的欢乐中！

从这个戴雪的山顶，
为我吹来多么清新的生气，
它放射出绿松石般纯美的绿光莹莹，
在整个天空盈溢！

我知道，那边居住着神灵，
那里没有人的痕迹，——
然而，心灵像是在回应
某种召唤："去那里！去那里！"

除了正面描写大自然对人心灵和精神的触动和相通，诗人也常通过大自然的描写，从反面表现自然对人心灵或精神的触动，如《我周围的一切一如从前》：

我周围的一切一如从前，
山谷里五彩缤纷，熠熠闪光……
森林又绿荫如盖，绿意盎然，
阵阵林涛在林梢喧响……

心儿为何总如此疼痛，
既极力追求，又忧心忡忡，
渴求未曾经历过的憧憬，
又懊悔生活过的行踪？

可不要从头开始生活——
那是白白地不断丧失力量，
甚至白白地彻底耗磨
仅存的那点希望……

而我的周围，一如从前，
山谷里五彩缤纷，熠熠闪光……
森林又绿荫如盖，绿意盎然，
阵阵林涛在林梢喧响……

周围的一切一如从前，山谷里五彩缤纷，森林绿荫如盖，大自然的生机与活力不仅没有使心灵活力四溢，反而刺激心灵，使它感到疼痛，并且忧心忡忡。《燕子》一诗更为复杂：

我的花园正在逐日凋零；
它在憔悴、断折和空旷，
虽然在如火的灌木丛中
金莲花还在华丽地怒放……

我愁绪满怀！这秋阳的辉耀，
这飘坠的白桦树叶，
这迟到的蠡斯的唧唧鸣叫，
使我倍感凄切！

习惯性地朝屋顶下看了一眼——
窗户上方只有一个空巢；
已听不到燕语呢喃；
只有巢里北风吹动的干草……

我还记得，两只燕子，
为建造它，曾多么辛劳！
怎样用黏土固结住细树枝，
并往巢内掩入一根根羽毛！

它们的劳动是多么欢乐，又多么灵巧！
而当五个敏捷的小小脑袋，
露出巢外张望着寻找，
它们又是多么慈爱！

整天不停地呢喃细语，
就像孩子们在细诉热忱……

然后振翅飞起，飘然远去！
从那时起我很少见到它们！

瞧——它们的巢空荡荡的！
它们已经身在另一个地方——
远远的，远远的，远远的……
啊，要是我也有一对翅膀！

花园逐渐憔悴、凋零，首先引发诗人心灵的满怀愁绪，然而勤劳燕子能够飞到绿意盎然的远方，又使诗人感到自愧不如，只能面对大自然的凋零而承受痛苦，不能展翅飞走。

值得一提的是，诗人有时也敏锐地感觉到，人与自然不见得时时刻刻都能和谐如意，有时候人的出现反而破坏了大自然本身的和谐，如《在森林中》：

林中的小溪水声叮咚，
像玻璃晶明透亮，
在干枯的松树四周流动，
仿若泽间小径置身其上。
周围的森林发黑空气潮湿；
我行走着，心里稍感恐惧……
不！这里有它自己的天地，生气勃勃的天地，
我破坏了它的生气……
正在完成的一切因为我
在那里突然刹车，
所有人都在关注我，等待着，
寂静中人们将罪恶思索；

仿佛好奇的目光交汇
从四面八方集中到我身上，
我听到无言的责备，
我的灵魂感到羞愧难当。

大自然有自己的天地自己的规律自己的生活，人的进入反而破坏了它的生气，正在完成的一切因为人的出现而突然刹车，因此人感到一种无言的责备，感到羞愧难当。

迈科夫还往往通过单独描写大自然来表现某种哲理，如《秋天的落叶随风旋舞》：

秋天的落叶随风旋舞，
秋天的落叶惊恐地哀号：
"全完了，全完了！你变得黑丛丛光秃秃，
啊，我亲亲的森林，你的末日已到！"

威严的森林全然漠视这份惊恐，
一任酷寒的天空愈加蓝沉沉，
雄劲的寒梦把它紧笼，
它仍在暗暗蓄积力量迎接新春。

深秋季节，落叶飘飞，生命短暂的落叶惊恐万状，觉得整个森林的末日到了；而威严的森林全然漠视这份惊恐，只是暗暗蓄积力量准备迎接新春。局部或表面的惊恐与悲观绝望，和整体或内在的镇定与满怀希望，构成鲜明的对比，表现了某种较为深刻的哲理。

斯捷潘诺夫指出："描写大自然的诗在迈科夫的作品中占据重要的地位。这些诗显示了这位真正艺术家的敏锐性。这类诗歌如

《春天！探出第一扇窗》、《刈草场》（草地上弥漫着干草的芳香）、《雨中》、《秋天》、《燕子》及许多其他作品，都是他杰出的诗歌代表作。在作品中诗人找到了准确的表现手段和敏锐细腻的细微差别，这赋予其诗歌一种亲切的温柔和抒情色彩，恰似画家笔下真实明朗的大自然。如祖母绿般闪耀的绿草地，银丝带般蜿蜒曲折的小河，浓密翠绿的森林，春天的风景，最后一场雪，破雪而出的淡蓝色的雪莲花，清晨花园里溅满冰凉露水的丁香花，鲜花摇漾的田野，——迈科夫诗中的这些风景，是俄罗斯中部地区朴素而纯正的景色。"这一观点无疑是正确的，但是除此之外，诗人还在自然诗中蕴含了一定的哲理内涵，这使其自然诗在某种程度上不再是纯粹的风景描写，而像丘特切夫以及后期费特的自然诗一样，具有较为深邃的哲理。

（三）、爱情诗。迈科夫的爱情诗在其诗歌创作中为数不是太多，但是很有特色。它包括以下内容。

一是既写纯洁的初恋和纯洁的热恋，也写较为现代的爱情之梦。

表现纯洁的初恋，是迈科夫爱情诗的一个显著的特点，如《林中的声音》：

少女在林中唱出的歌声，
老是在我心头萦绕，
时而在远处渐渐寂静，
时而在林中声震云霄。

顽皮的幻想搅得我心神不安，
我望着密林，蒙蒙烟雾中，
绿叶，青草，红红的松树干，
迎着太阳，晶光闪动。

是跑去追求年轻的姑娘?
抑或把这由于美妙的歌声
而用幻想创造的这个可爱形象
永远深藏于我的心灵?

这首诗写的是朦胧的初恋，抒情主人公被年轻姑娘的美妙歌声所打动，在心里用幻想创造了她的可爱形象，爱上了她，但他心里颇费踌躇：是勇敢地跑过去追求这位姑娘，还是把这一用幻想创造的可爱形象深藏于心底呢？从而生动写出了这位小伙子既容易钟情又颇为胆怯的纯洁的初恋心理。又如《夜的静谧中我神秘地幻想什么》：

夜的静谧中我神秘地幻想什么，
昼的亮丽里我总是在思量什么?
这对一切都是秘密，甚至你，我的诗!
你，我轻浮的朋友，我日常的乐趣，
我不会告诉你心灵中翩舞的幻想，
否则你就会到处嚷嚷：
夜深人静时我听见了谁的声音，
我在满世界把谁的面孔找寻，
谁的眼睛让我春风满面，
谁的名字被我常挂在嘴边。

这也是初恋时相当纯洁的一种感情。抒情主人公爱上了一位姑娘，可能甚至还是单相思，他日思夜想，寝食不安，但他不敢有半点泄露，甚至对自己的诗，因为怕它也不能保守秘密：夜深人静时我凝神细听姑娘声音，不停地在满世界把对方的面孔找寻，只要一见到她，自己就春风满面，而且总是把她的名字挂在嘴边。《遇雨》更是以故事性的情节写出初恋的纯洁：

还记得吗，没料到会有雷雨，
远离家门，我们骤遭暴雨袭击，
赶忙躲进一片繁茂的云杉树荫，
经历了无穷惊恐，无限欢欣！
雨点和着阳光淅淅沥沥，云杉上苔藓茸茸，
我们躲在树下，仿佛置身于金丝笼，
周围的地面滚跳着一粒粒珍珠，
串串雨滴晶莹闪亮，颗颗相逐，
滑下云杉的针叶，落到你头上，
又从你的肩头向腰间流淌……
还记得吗，我们的笑声渐渐轻微……
猛然间我们头顶掠过一阵惊雷——
你吓得紧闭双眼，扑进我怀里……
啊，天赐的甘霖，美妙的黄金雨！

一对恋人可能刚从初恋进入正式相恋，他们相约一起出去漫步，没想到突然遭到了暴雨的袭击，赶紧跑进繁茂的云杉树荫中躲雨，下的是太阳雨，在恋爱者的眼中更富诗意：阳光中的雨丝和繁茂的云杉仿佛就是金丝笼，地面滚跳的雨滴仿若晶莹的珍珠……雨水从树梢滴落，落到头上，又从肩头向腰间流淌……两人发出了阵阵笑声，然而，笑声还没停息，突然就在头顶掠过一阵惊雷。由于还处于初恋阶段，姑娘一直比较矜持，这时害怕得忘了矜持与羞涩，不顾一切地扑入抒情主人公的怀里，使得他不由得放声高呼：

天赐的甘霖，美妙的黄金雨！诗歌采用回忆的调子，首先写到没料到会有雷雨，写到躲进云杉树荫，写到经历了“无穷惊恐，无限欢欣”，然后再具体抒写如何欢欣，如何惊恐，尤其是瞬间的惊恐对爱情的决定性的推进：女方扑入男方怀抱，两人陶醉在爱的激情里。与当前快速恋爱快速同居相比，这只是相当纯洁的初恋，连拥抱都要靠外力（惊雷）的推动。苏霍娃指出，迈科夫不像费特那样转达模糊的、难以捕捉的心灵运动和精致的印象，而是仅仅把回忆建筑在清晰的图画上，但他同样也写出了纯洁的恋爱感受，人的心灵与周围的世界在瞬间欢乐里融合成整体的细腻感受。她还结合阳光、珍珠般的闪光及风景的细节等意象，对这首诗进行了较为具体的分析。

迈科夫也善于描写纯洁的热恋，或者写纯洁的两情相知相悦，如《我爱，当你满怀爱意地发现》：

我爱，当你把脑袋轻轻靠在我肩上，
垂下目光，满怀爱意地望着我，
试图猜出我的心思。我情不自禁地紧偎你，
并把目光转向你，与你的目光汇合；
我们默默无言相视微笑，似乎在这甜蜜的静默中，
我们的思想融成一体，用微笑和目光诉说了许多。

一对恋人在热恋中紧紧依偎，久久互相凝视，爱意融融，默默相视微笑，在这甜蜜的静默中，心有灵犀，“此时无声胜有声”，用微笑和目光诉说了许多，两人的思想融成了一体；或者写在美丽动人的大自然中，纯洁的爱情更加深厚，如《在我那遥远的北方》：

在我那遥远的北方，

那个夜晚，我永生难忘。

我们两人默默观望

婀娜的柳枝轻拂池塘；

远处的月桂树林青翠欲滴，

夹竹桃花开得灿烂耀眼，

桃金娘叶茂枝繁

在我们头顶像密不透风的墙壁；

高高的山峰绿意盎然，

金灿灿的尘埃中腾起一片轻雾，

桥梁渡槽和古代遗址的废墟，

仿佛漂浮在远方的水面……

面对飞瀑轰鸣，

面对夕阳似火，

你陶醉地对我说：

“我们真该在此共度一生……”

一对恋人在北方美丽迷人的夜晚，面对婀娜的柳枝轻拂池塘，远处的月桂树林青翠欲滴，夹竹桃花开得灿烂耀眼，桃金娘枝繁叶茂，飞瀑轰鸣，夕阳似火，深深陶醉，热恋之情进一步升华，女方不禁柔情似水地说：“我们真该在此共度一生”。

除了以较为冷静、客观地描写或以具有淡淡情节的故事来表达纯洁的爱情外，迈科夫有时也采用直抒胸臆的方式，表达这种感情，如《幸福的人儿》：

哎，爱我吧，无须思虑，

无须忧烦，无须致命的臆测，

无须责备，也无须捕风捉影的猜疑！

还有什么可想？我属于你，你属于我！

忘掉一切，抛开一切，全身心投入我怀里！……
请不要这样忧伤地望着我！
更不必费神去捉摸我的心思！
整个儿投入我心中——就行了！

爱无法计算，也无法测量；
不，我的爱就是我整个心灵。
我爱着——我欢笑，我发誓，我景仰……
哎，我亲爱的，生活真是乐融融！

相信爱情吧，幸福不会一闪即逝，
像我一样相信吧，哦你这高傲的人，
我和你永生永世决不分离，
我们的亲吻也永生永世无穷无尽……

抒情主人公面对高傲的恋人，情不禁自地大声向她呼吁：忘掉一切，抛开一切，无需思虑，无须忧烦，无需责备，也无需捕风捉影的猜疑，因为爱是无法计算，也无法测量的，因此，应该相信爱情，全身心地投入爱情，这样生活就会其乐融融，幸福也会永永远远……

即使是热恋中的矛盾，诗人也写得十分纯洁，如《被忧伤弄得难受，哭成泪人儿》：

被忧伤弄得难受，哭成泪人儿，
　你睡在我怀里，像个小孩子：

在你温顺的脸庞，最后的思绪
　　随着未拭去的一滴眼泪在颤栗。
你睡着了，带着对我的无声责备，
　　因为我对你的眼泪置之不理……
眼下不知为何你正在梦中微笑，
　　似乎发觉我正忧伤地望着你，
静静地把你抱在怀里，像个小孩子，
　　像你一样痛苦，也想哭泣？

热恋中的两人，可能因为什么事情发生了争吵，女方十分忧伤，哭成了泪人儿，然后像个小孩子一样在恋人的怀里睡着了。但男方感到女方虽然睡着了，却依旧带着对自己的无声责备，因而深感懊悔，深感愧疚，也忧伤地望着熟睡的恋人，痛苦得直想哭泣。

诗人不仅写纯洁的初恋和热恋，也写热烈的爱之梦，如《夏夜之梦——致格里戈里耶夫》：

夜深了我还久久无法入睡，
　　我干脆起床，打开窗户……
静默的夜使我苦恼，让我伤悲，
　　鲜花的芳香令我心醉神舒……

窗下的灌木丛突然沙沙响了一声，
　　窗帘飘敞，哗哗直响——
一个少年朝我奔来——脸庞光亮晶莹，
　　仿佛整个儿就是凝结的月亮。

我正房的墙壁震动，

它后面的柱廊豁然敞开；
雪花石膏的花瓶中
那一束玫瑰绽蕾吐放如火的光彩。

这位奇妙的客人径直走到我床前，
他带着温和的微笑对我开口：
“你为何在我面前
像受惊的鱼飞快躲进枕头！

“看看吧——我是上帝，梦境和幻想的上帝
我是羞怯少女隐秘的朋友……
为我的女王，为你
首次带来了上天的极乐悠悠……”

他一边说着——一边用手轻轻
让我的脸儿离开睡枕……
他在我脸颊热吻频频
还用嘴唇寻找我的嘴唇……

他的呼吸使我全身绵软无力……
他用手解开我胸前的衣襟……
他在我耳边吟唱：“你是我的，你是我的！”
仿若远处竖琴的乐音……

时光飞逝……我睁开双眼……
我的卧室早已到处是红霞弄晴……
我独自一人……浑身颤抖……发辫披散……

我不知道，发生了什么事情……

这首诗在当时具有一定的超前意识。一般的诗人，描写爱情，都是写生活中的两情相悦，爱的孤独与失恋的痛苦等等，即使写爱的梦幻，也往往像普希金的《醒》那样，写得相当含蓄："美梦啊，美梦，/哪里是你的甜蜜？/夜间的欢乐，/你在哪里？你在哪里？/欢乐的梦/已失去影踪。/我孤零零/在黑暗中/苏醒。/床周围/是沉默的夜。/爱情的幻想/忽而冷却，/忽而离去，/成群地飞跃。/我的心灵/仍充满愿望，/它在捕捉/对梦境的回想/爱情啊，爱情，/请听我的恳请：/请再把我/送入梦境，/再让我心醉，/到了清晨，/我宁可死去，/也不愿梦醒。"① 而迈科夫则写出了一个少女夜间的性梦：她在白天乃至入睡前是孤独的，苦恼的，甚至满怀伤悲，她充满了对爱情对异性的渴望，然后"日有所思，夜有所梦"，她在梦中果然迎来了她渴望的异性，他向她诉说绵绵情话，频频地热吻她，并用手解开她胸前的衣襟……这种描写，在讲究高雅、含蓄的19世纪，可谓颇为大胆、超前，较有现代性。

二是把爱情与社会问题结合起来，写社会问题的爱情诗。受当时革命民主主义者思想的影响，迈科夫在爱情诗中有时也反映社会问题，把爱情与社会问题结合起来。如《吻》：

在大理石的碎片中间，
一个独臂的希腊解放战士，
爱抚着细腻的大理石，
就像抚摸雪白的浪花，

① 汤毓强、陈浣萍译，见钱仲联、范伯群主编《中外爱情诗鉴赏辞典》，江苏教育出版社1989年版，第915—916页。

一位少女经过他身旁，

金灿灿的卷发好似金色阳光，

她说："你为何

用一只手工作?

另一只藏到哪里去啰? "

"我爱上了一位少女，

伊斯坦布尔的第一玫瑰花!

仅仅一个热吻，

我的一只手便被砍下!

那少女还活在世上，

金灿灿的卷发好似金色阳光……

假如再来一个热吻，

另一只手也将离开臂膀! "

一位希腊解放战士爱上了一位土耳其少女，由于宗教信仰不同，由于希腊反抗土耳其民族的统治，他们的爱情夭折了，希腊青年为此还付出了一只手臂的代价！全诗只是客观地描写和平静的讲述，但是它却在不动声色中反映了民族压迫、民族解放的社会问题。又如《年轻少妇》：

年轻的叶莲娜盛装打扮，

为了出席弥撒的盛典。

头戴镶满珍珠的漂亮帽子，

金饰品挂满了黑色的发辫。

她容光焕发，像一轮太阳，

白色的胸部——银色的月亮一般。

她登上山路，走向教堂，
开口问狂跳的心脏：
“心脏啊，你为何狂跳不已，吁吁气喘？
仿佛背着巨石在上山？”
“我从老丈夫那里承受的痛苦，
远甚于背着巨石上山。
我要逃离这种奴隶般的生活，
去投奔一个青年！
我对他百看不厌，
就像观赏花园里高高的柏树；
他爱我，总是让我开心，
把我当娇弱的苹果花呵护；
我亲自给他打扮，
像我长辈打扮我那样；
我关心他的一切，
就像我的长辈把我放在心上；
他容忍我的絮絮叨叨，
容忍我的任性和孩子般爱哭泣，
他称我为快乐的小鸟，
他叫我为亲爱的小鸽子！”

这是一首叙事性的抒情诗，年轻美丽的叶莲娜，因为没有婚姻自主权，被迫嫁给一个老丈夫，过着奴隶般的生活，十分痛苦。她爱上了一个真正爱她的青年，准备逃离老丈夫，而投奔这个青年，两人一起过恩爱美满的日子。在短短的篇幅里，写出了重大的社会问题——不合理的婚姻制度，也写出了叶莲娜的痛苦与反抗，塑造了一个美丽而富于反抗的年轻妇女形象。我国陕北民歌《兰花花》与此类似："青线线（那个）蓝线线，蓝格英英（的）彩，生下一个兰花花，实实的爱死人。五谷里（那个）田苗子，数上高粱高，一十三省的女儿（呦），就数（那个）兰花花好。 正月里（那个）说媒，二月里订，三月里交大钱，四月里迎。三班子（那个）吹来，两班子打，撇下我的情哥哥，抬进了周家。兰花花我下轿来，东望西照，照见周家的猴老子，好像一座坟。你要死来你早早的死，前晌你死来后晌我兰花花走。手提上（那个）羊肉怀里揣上糕，拼上性命我往哥哥家里跑。我见到我的情哥哥有说不完的话，咱们俩死活呦长在一搭。"这首诗与《兰花花》有异曲同工之妙，都塑造了一个反抗封建包办婚姻、离开年老的丈夫、勇敢追求个人幸福的年轻女性形象，只是迈科夫的女性更温柔细腻一些，而兰花花更刚烈粗犷一些。这在某种程度上也许是文人创作与民间创作的区别吧。

《他从污秽中把她拯救》是迈科夫爱情诗中最具悲剧色彩的好诗：

他从污秽中把她拯救；
为了得到她的芳心——他开始盗偷；
她沉湎于生活的富裕，
并且哈哈大笑，笑这疯子。

天天宴席……时光飞跑……
那个早晨，很快就来到：
他被关进了监牢……
她站在窗前，哈哈大笑。

他在监狱里恳求她：
"没有你，我心如针扎，

快来我这里吧！”她只摇摇
自己的头——又哈哈大笑。

他早晨六点被绞死，
七点钟被埋进土里，——
而她不到八点就快乐舞蹈，
喝着酒，并哈哈大笑。

男子对女子十分痴爱，不计其出身，把她从污秽中拯救出来，并且尽可能地满足她的一切愿望，甚至不惜偷盗，让她过上富裕的生活。终于，他为之付出了惨重的代价：不仅被捕入狱，而且被绞死。而他所爱的女人，只是享受他所带来的一切富足，而对他没有丝毫感情，甚至哈哈大笑，笑这爱情的疯子！一个深情得痴情，为爱情牺牲了一切甚至生命；一个毫无感情，甚至嘲笑这份真挚的感情。真是落花有意，流水无情，人生长恨水长东！

三是写民歌风格的爱情诗。迈科夫首先翻译了一定的数量的外国民歌，从中学习表达技巧，如《马》就译自“塞尔维亚歌曲”：

白白的脸，黑黑的眉，
比白天还欢畅，
能干的姑娘驮在背，
马儿脚下腾起细浪；

抚摸乌黑的马鬃，
望着他的眼睛，说：
“马儿这样好，
我还从来未见过，

哎，骑士骑在马上……
只是他没能充分
爱抚你，细心调养，
而他——是独身还是已婚？”

马儿摇摇头儿，
踢一踢脚，回答：
“独身——只是在他心底
藏着一个牢固的想法。

他向我，向别人，
说过不止一次，
为何不派个出色的媒人
在良辰吉日去你家里。”

而她满脸红霞地答道：
“我为了好马儿，
可以毫不心疼任何花销，
我把大麦填满马槽，

在马儿乌黑的鬃毛上，
我系上粉红的丝带，
在马衣的边上，
绣上带流苏的金银绦带；

永远精心照料，我和你将

毫无忧伤地生活在一起……
只是你们要尽量
早点派媒人到我家里。”

这是典型的民歌，采用的也是典型的民歌的手法：借骑马、与马对话，以及姑娘讲述怎样好好养马，来巧妙地表达爱情，语言也是民歌般的简洁干净。

在此基础上，迈科夫开始尝试创作民歌型的爱情诗。如《我真想吻一吻你》：

我真想吻一吻你，
又担心被月亮看见，
被亮晶晶的星星发现；
万一星星从天上滑落，
会告诉蓝靛靛的海洋，
蓝靛靛的海洋又会告诉船桨，
船桨再把它向渔夫杨尼诉说，
杨尼的爱人却是玛拉；
而这事一旦被玛拉知晓，
那左邻右舍就会全都知道：
在一个月夜我把你，
带进一个香喷喷的花园里，
我和你爱抚，亲吻，
银灿灿的苹果花，
洒满了我们一身。

全诗采用民歌中最常用的顶针手法，层层递进地写出了一个农家姑娘聪明而大胆的爱情：她虽然爱极了自己的恋人，但毕竟是个女性，而且人言可畏，因此不无犹豫和疑虑，但她终于战胜了自己的胆怯，在一个美丽的月夜，把恋人带进香喷喷的花园里，尽情爱恋。《小鸟燕子啊，快飞吧》也是民歌式的：

小鸟燕子啊，快飞吧
飞到我从前的爱人那里：
她不会等到啊，
从客人变成有深情厚谊。

在异域他乡，
凶恶的女巫把我戕害，
她用巫术使我为之发狂，
也把骏马整个儿变坏。

我骑上骏马——
它把我甩下马鞍；
我曾不用鞍鞯骑着它——
一起搏击风雨，笑傲雷电！

她曾这样说过：
除非河水不再流动！
金色的星星像苹果坠落，
从那高高的天空！

望着她的眼睛——仿佛光明
从她脸上漫溢进心扉；

她微微一笑——仿若好小伙子中

盛开的一朵红红的玫瑰!

全诗表现的是男方对从前爱人的担心，因为自己远在异乡，而且时运不济，因此像民歌中常见的那样，托付小鸟燕子去家乡向爱人传达自己的一片深情，请她耐心等待自己归来。诗中还出现了民歌中常见的女巫，以及把女方比作红红的玫瑰。《我的美人，我的妻子》更是深得民歌神韵的一首优秀的诗作：

我的美人，我的妻子，
快登上这小船，
坐下来，手牵手，
跟我划向岸边。

我们头儿紧挨，
什么都不害怕!
你如此信赖大海——
我又怎会怕它!

啊，心——就是大海!
一样的潮涨潮落，澎湃鼎沸，
就连深藏的珍珠
也同样的无比珍贵!

诗一开始就是民歌式的称呼："我的美人，我的妻子"，然后，用民歌式简洁的语言，表达了双方的相亲相爱，以及抒情主人公的深情：进入大海，登上小船，划向岸边——既然你如此信赖大海，

“我”怎么会害怕大海呢？我们的心就是大海，我们的爱情就是海里的珍珠！

四是人与自然和谐的爱情诗。这类诗往往在美丽的大自然中表现爱情，往往情景交融地表现人与自然的和谐。如《我的上帝！昨天——阴雨绵绵》：

我的上帝！昨天——阴雨绵绵，
而今天——却万里晴空！
阳光灿烂，鸟雀欢鸣！幸福金光闪闪！
草地露珠晶莹，丁香花开香浓！

可你还在懒洋洋地酣睡！
哦，小宝贝！……你请稍等！
我这就去采摘一束丁香花蕾，
花枝上露水清凉晶莹。

我突然把露珠洒向沉睡的你……
看到你嗔怪的神情
变成对新春的欣喜，
我感到甜透心胸！

在阳光灿烂、鸟雀欢鸣、草地露珠晶莹、丁香花开香浓的新春早晨，抒情主人公满怀激情、满怀爱意地去看望自己的恋人。可她还在沉睡，于是他便采摘了一束丁香花，把花上的露水洒到她沉睡的脸上。看着她的嗔怪变成对新春的欣喜，他感到幸福无比，甜透心胸——因为这里既有爱的甜蜜，也有新春的喜悦。融融的爱意与对春天的喜悦之情就这样有机地结合起来了。《民歌》则表现了要在美丽和谐的大自然中建立爱巢，使爱情更加幸福、完美：

在远方的海边，
　我要建造一栋房屋，
用五彩斑斓的孔雀羽毛
　四周群星丛簇。

周围镶满蓝宝石，
　珍珠和绿宝石，
我悄悄带着尼娜，
　永远生活在这里。

尼娜从阳台
　环视四周——
“太阳已升起来！太阳已升起来！”
　一切都争相唱酬！

全诗意象丰富，斑斓多彩，但都是民歌中常见的，如孔雀羽毛、群星、蓝宝石、珍珠、绿宝石等等，这一切构成了美丽、纯洁、灿烂的爱情的基础和氛围，突出了爱情的纯美。

值得一提的是，迈科夫还常常把爱情中的喜怒哀乐与自然的情景紧密相连，仿佛两者是相通的，如《仿若灿丽春天里的鸽子》：

仿若灿丽春天里的鸽子，
你胸中温柔的快乐在飞腾，
也许整个心灵首次
久久充满了紧缩的激情……

然而，我却只想在这一刻享受
在寂静中沉醉于音乐的幸福，
一如阴雨天把阳光化为己有，
音乐也把我的心灵整个儿吞入。

我屏息敛气，以便不遗漏一个乐音，
我和你心灵都在颤动，——
我突然发现——你心里痛苦，不再吭声，
眼泪一滴一滴往外直涌。

你对我说出的哀求，
潜入你心胸，惊扰你心灵，
你说：幸福你无福消受，
它是否有完美的结局？你深感惊恐。

这又有什么？让暴风雨再次猛扑！
暴风雨过去，太阳又紧跟着跃出；
那时我们又衷心祝福
曾经的痛苦，和洒下的泪珠。

“你”胸中温柔的欢乐在飞腾，就像灿丽春天里的鸽子；我们生活和爱情中的波折、痛苦和不幸，就像自然中的暴风雨，然而，暴雨风终将过去，金灿灿的太阳又将紧跟着跃出，幸福和快乐就像太阳一样，又会朗照天地。

综观迈科夫的抒情诗，大约有以下三个较为突出的特点。

第一，古风色彩。如前所述，诗人在其创作前期尤其是三四十年代，曾大量创作古希腊罗马风格的诗歌，而且成就颇高，影响很大，并且具有某种矫正时弊的作用，这是其抒情诗古风色彩的最典型体现。尽管后来他转向描写现实生活的诗歌和叙事诗、历史长诗的创作，但古希腊罗马风格的影响依旧存在，因此其后期创作也还具有相当浓厚的古风色彩。他晚年不仅在诗中使用古希腊罗马典故，写古希腊题材的诗，而且其诗歌依旧富有古希腊罗马精神。如《这些年高望重、枝繁干粗的橡树》：

这些年高望重、枝繁干粗的橡树，
　若有所思地低着头，
一如古代市民会议站在人群前的智叟
　在决定他们的命运和前途。
　我枉自细听它们的喧嚣：
　我丝毫未捕获它们交谈的秘密——
唉，可惜，它们身边没有那条欢快的小溪：
　要不，它早就告诉我它们的思考……

全诗充满古希腊式纯真的孩子般的好奇，希望从古老高大的树木的交谈中获知自然的秘密，并且使用了古希腊的典故——市民会议、智叟。又如《奥林匹克竞技会》：

一切都准备停当。音乐震响，
发出信号……心儿颤动……
在奥林匹克竞技场
一列列大马车狂奔急冲……
人和神都在观看，
激动不已，拼命静默……

行走如飞的马，再快一点！
再快一点！……近了……可怕的时刻！
格劳科斯……欧墨尔波斯……已经超过……
别管那些落后者！
这些人……近了……已调整好了……
瞧——那是他们中的哪一个？
“格劳科斯！”——人们齐声叫喊……
正是他，大步流星，自豪地去领奖，
扬起的尘土里依稀可见
骏马脸上的盛怒模样。

整首诗就以古希腊的奥林匹克竞技会为题材，生动地描写其体育竞赛的场景。而《春天——献给科利亚·特列斯金》则依旧有古希腊式单纯的欢乐，：

银发的冬天，快快走开！
春天这美人儿
已从山顶疾驰而来，
驾着金灿灿的马车！

你年老体衰怎能与她相抗？
她——是百花之王，
随身带着大量武装，
芬芳的微风中飞舞着整个空中军团！

时而一片沙沙，时而一阵嗡嗡，
时而暖雨如注，时而阳光温暖，

时而吱吱啾啾，时而声声欢鸣，
你还是赶快走得远远！

她没有弓，她没有箭，
她的武器只是满面笑容，
而你只会把雪白的尸布紧攥，
用它盖住峡谷，蒙住灌木丛。

但春已沿着峡谷步步进逼！
蜜蜂已经开始嗡嗡忙碌，
那飞动的一面面旗帜，
是一队队蝴蝶在翩翩起舞！

这首诗写于 1881 年，其时诗人已经 60 岁，但他像青年一样洋溢着对春天的激情，并且极其生动优美形象地表现了春天温柔而无敌的力量，洋溢着古希腊式单纯的欢乐。

与此同时，他依旧像早期那样热爱美热爱艺术，继续思考艺术问题，大量描写艺术和美，如 1882 年的《致艺术家》：

灵感降临到你身上——
　马上让它全部发光，
当创作的激情还燃烧正旺，
　你果敢大胆，充满力量！
　它从高空暂时照亮
　事物的意义，灵魂的慧光，
　你的迷狂只是瞬间！
它疾驰而去——黑夜立刻在你面前

用冰凉的双手
为日常生活拉上黑沉沉的窗帘。

这首诗呼吁艺术家重视灵感紧抓住灵感，赶忙创作，因为灵感能够从高空暂时照亮事物的意义，让灵魂闪现慧光，而且这种迷狂只是短暂的瞬间。整首诗似乎受到柏拉图"灵感说"和"迷狂说"的影响："凡是高明的诗人，无论在史诗或抒情诗方面，都不是凭技艺来做成他们的优美的诗歌，而是因为他们得到灵感，有神力凭附着。科里班特巫师们在舞蹈时，心理都受一种迷狂支配；抒情诗人们在做诗时也是如此。他们一旦受到音乐和韵节力量的支配，就感到酒神的狂欢，由于这种灵感的影响，他们正如酒神的女信徒们受酒神凭附，可以从河水中汲取乳蜜，这是她们在神智清醒时所不能做的事。抒情诗人的心灵也正像这样，他们自己也说他们像酿蜜，飞到诗神的园里，从流蜜的泉源吸取精英，来酿成他们的诗歌。他们的话是不错的，因为诗人是一种轻飘的长着羽翼的神明的东西，不得到灵感，不失去平常理智而陷入迷狂，就没有力量创造，就不能做诗或代神说话。"[①]1887年的《最具诗意的思想在灵魂中闪现》表达了相近的思想：

最具诗意的思想在灵魂中闪现，
不！它一直未曾熄灭！
年复一年等待的灵感
突然勃发，像是回应高处的呼唤，
复活了美妙的一切……

应该任时光静静流淌，

① [《柏拉图文艺对话集》，朱光潜译，人民文学出版社1988年版，第8页。]

或许，这必不可少，
心灵有不止一处创伤，
为了让这一思想变成形象，
就得从原初的浓雾中撷取珍宝。

这首诗进一步写出灵感也并非突然闪现的，而是多年的心灵创伤、生活感受乃至朦胧思索，经过长久的隐藏、酝酿，才在一定的机缘下突然勃发的。《昨天——就在离别的那一刻》与此呼应，说明创作的力量来自心灵的痛苦，诗就是心灵深处的悲苦，一如大海里的珍珠：

昨天——就在离别的那一刻
我突然无意中说到诗——
眼泪消失，痛苦隐没，
仿佛阳光熠熠
为远近的一切镀金一层……
可别责怪我，我的朋友！
创作的力量只是从心灵的痛苦中
锻造自己的冕旒！
他从心灵深处的珍藏里
挖出深深的悲苦——这就是诗！一如呼啸的暴风雨
在大海里抛出的珍珠！

在《重读普希金》一诗中，他进而认为美和艺术可以把尘世的一切——欢乐、苦难、激情都转化成诗中的天堂，纯美的艺术是永恒而不朽的：

重读他的诗——我仿佛再次感受
那一个美妙的瞬间——
似乎有一股出人意料的气流，
突然把天庭的和谐带到我身边……

这些旋律似乎是天外之音：
就这样注入他那不朽的诗行，
尘世的一切——欢乐，苦难，激情，
在诗中全都变成天堂！

《哦，永恒的青春王国》更是像古希腊人那样迷醉于青春、永恒的美和不朽的艺术之中，并且认为古希腊的雕塑、普希金的作品、拉斐尔的绘画、莫扎特的音乐，这些使人快乐无比的不朽艺术，都是天国的启示，都展示了永恒的青春王国和永恒的美：

哦，永恒的青春王国
　和永恒的美！
在光荣的天才的作品里
　我们为你迷醉！

闪闪发光的大理石，
　里热普和伯拉克西特列斯！……
永恒的圣母
　幸福的拉斐尔！……

普希金神圣的天才，
　他那水晶的诗句，

莫扎特的曲调，

　所有这一切都使人快乐无比——

所有这一切，

　不是来自天国的启示，

不是永恒的青春王国，

　和永恒的美？

第二，雕塑特性。周宪指出："当古典画家们刻意在二维平面上追求三维效果时，却是在不自觉地向雕塑求教，或者说，竭力与雕塑竞争。美国著名批评家格林伯格一针见血地指出：'西方绘画就其努力达到逼真幻象而言，很大程度上应归功于雕塑。正是雕塑从一开始就教会了绘画如何通过阴影和立体感来造成浮雕似的幻象，甚至将这种幻象置于一种深度空间互为衬托的幻象之中。'这就是古典绘画几百年来一直追求的'雕塑性'。"[①] 因此，此处不用绘画性而用雕塑性来概括，这种雕塑性包括绘画美或雕塑美、客观性、明晰性与和谐性。

关于迈科夫诗歌的雕塑特性，斯捷潘诺夫有颇为具体的论述。他指出，迈科夫是诗歌"雕塑般的形式"的代表之一，别林斯基就曾这样称赞他的诗歌。他不像费特或波隆斯基把"抒情的我"推到首位，而是偏重于视觉描写。他总是渴求避免主观而激情地认识世界。迈科夫把诗歌语言当做材料，当做一种技术，他把语言比作油画中的颜料。他说："最重要的，是找到色调，找到尺寸……然后一边写作一边感受，这一切是否合适：是不是最需要的尺寸，在绘画中也是这样：不是那种色调，不是那种颜色，那么一切就都彻底落空了！"别林斯基已经注意到迈科夫在诗歌方面"绘画性"的独

① 周宪：《审美现代性批判》，商务印书馆2005年版，第317页。

特才能，他在评论《罗马随笔》中写道：“由于美丽如画的突出特点，迈科夫的诗歌总是展现一幅有着线条的真实性和自然的色彩的画面。”迈科夫诗歌的雕塑性，其形象的视觉上的浮雕性，语言的清晰性与准确性，给人留下印象：其诗歌具有完整性、静态的和谐性和客观性。在这里，对于艺术家迈科夫来说，最特别重要的是色彩画家的视觉知识，固定的线条，对象的形式和颜色。1858 年德鲁日宁曾谈到迈科夫诗歌的“形式完美”和“客观性”，并谈到他“在诗歌方面平静客观的方式”，还把他的“雕塑般的宁静”与丘特切夫和费特诗歌的“主观诗意情绪”相对照：“对自然的外部现象全神贯注的精细观察力对色彩和线条的美十分敏锐的色彩画家的精细观察力，在他身上明显地超出了那种用语言重建我们生活中的诗意瞬间的本能快乐愿望，——这种愿望此时早已让丘特切夫先生和费特先生在我们的文学中功成名就。上述两位诗人在抒情性上要优于迈科夫，正因为如此，迈科夫在诗的艺术性方面，在作品的完整性和形象性方面则比他们要略胜一筹。”苏霍娃更概括地指出，迈科夫古希腊罗马风格诗歌的特点是“轮廓清晰，美丽如画，线条分明，具有雕塑般丰富的表现力”。

迈科夫既是诗人又是画家，他把绘画的手法引入诗歌，“绘画在诗人迈科夫的作品中留下了明显的痕迹：这主要表现在他对事物描写的准确性以及绘画的生动性。”这使得其诗歌独具绘画美或雕塑美，如《浅浮雕》不仅描写的是雕刻画，而且自然和人物也构成了动人的画面，有荒僻的花园，浓绿的藤蔓，青翠的葡萄枝叶，金黄的葡萄和葡萄汁，还有围坐在酒桶旁的规矩的孩子，以及略显醉意的浮娜，和醉得踉踉跄跄的巴克斯、西勒诺斯：

这无生命的银块
把它熔炼锻锤

就能为我做出来
一只大容量的精致高脚杯。
无论塞浦里斯的白鸽，
无论大母熊，也无论一代大贤，
都不要雕刻在杯身两侧。
请雕刻：在荒僻的花园，
在藤蔓丛中，一群酒神的女祭司，
正在起劲榨取
成熟的葡萄汁，
枝叶翠绿，
金黄多汁。
聪明的孩子，
围坐在酒桶旁，规规矩矩；
浮娜前额显出醉意；
巴克斯身穿虎皮
与满脸通红的西勒诺斯
骑着趔趔趄趄的驴子。

《酒神女祭司》更是富于光影声色的绘画感或雕塑感：

羯鼓和长笛的乐声，还有酒神节的喧闹声，
打破了绵绵群山和树林的沉沉梦境。
我运动得筋疲力尽，躲进树林的黑暗中；
而那里，铺满了苔藓的柔软天鹅绒，
黑暗的岩洞前，年青的酒神女祭司，
身体半裸，垂手俯身，在休憩。
阳光照耀着火热的脸庞和大理石般的胸膛，

树叶的影子也不时滑过，轻轻晃漾，
她那戴着奇异草和常春藤的秀发
像顽皮的溪流在虎色皮肤上飘挂；
还有弯曲的酒神手杖，和金色的酒杯……
葡萄在她胸口呼吸得多么香美，
多么红艳的嘴唇，多么顽皮的微笑，
喃喃细语着，满怀苦闷，情火高烧！
周围的一切是多么宁静！
只听见远处羯鼓和长笛的乐声，
还有酒神节的喧闹声……

这里，有羯鼓和长笛的乐声，酒神节的喧闹声，有翠绿的树林，幽绿的天鹅绒般的苔藓，金灿灿的阳光，酒神女祭司火红的青春脸颊和红艳的嘴唇，白色大理石般的胸脯，戴着翠藤绿草的金发，虎色皮肤金色酒杯，还有树叶的阴影黑暗的山洞，这一切构成了美妙生动的画面。因此，斯捷潘诺夫指出："甚至当迈科夫在古典风情诗歌中讲述激情诉说爱情时，他也运用雕塑艺术中造型优美的象征，力求通过姿态、色调、行为的描写来显形情感。赤裸的酒神女祭司（诗歌《酒神女祭司》）躺在黑暗山洞的背景里，诗人的注意力集中在叶子的阴影与滑过她那大理石般的胸脯的太阳光的游戏上。大自然本身就是古希腊罗马的布景，是使这些雕像更加清晰的美丽如画的背景。"他还进而谈到：迈科夫"似乎试图将雕塑与写生画的完美而和谐的比例与线条转化成文字。其诗歌中甚至有'年迈的渔夫'安葬在大海中葬身的儿子这一情节，诗人把这一情节转化成古希腊用大理石雕刻出来的浅浮雕。"

当然，迈科夫的雕塑特性还包括对色彩的出色运用，这不仅体现在其抒情诗中，甚至在其叙事诗中都有大量运用。斯捷潘诺夫对此有颇为细致的论述。他指出，迈科夫以艺术家敏锐的洞察力观察大自然，力求在诗中刻画出他以艺术家的眼光敏锐地发现的大自然的五彩斑斓及细微差别，在这里他重拾诗歌的力量和大师的自信。在描绘自然风景画时，迈科夫画了许多草稿，慷慨地使用了丰富的颜色和生动的细节，在《雷雨》、《秋天》、《庄稼地》等一系列诗中，五彩缤纷的风景描绘是与视觉的准确性、色彩的突出性和对大自然的真正感情紧密联系在一起的。在历史长诗和叙事诗中，迈科夫力求重塑能把人带入过去的大型风景画，注重色彩华丽的观赏性。这种华丽的观赏性，预定以视觉、色彩的效果为大众舞台的艺术结构，在《克莱蒙会议》或《判决》中表现得尤为明显。这种通过光线效果来突出描写的观赏性及色彩明显的华丽性的手法是迈科夫诗歌的固有特色之一。迈科夫最常用的修饰词绝大部分是颜色词：深蓝的远方，乌黑的蔚蓝，深红的篝火，粉红的光线，银白的海洋，蓝色的闪电，碧绿的深处，灰蓝的帘幕。

以上这些，在其后期的诗歌中也是一以贯之的，相当注意采用鲜活的画面来表达自己的思想和情感。斯捷潘诺夫指出："迈科夫较晚期的诗歌在相当大的程度上一直保留着形象的雕塑性和色彩性，尽管他早已放弃了古希腊罗马题材。"如《女儿》：

她才刚刚学会嘟嘟囔囔地说话，
勉强会走路，但已变成一个小调皮，
从她的狡计中已显现出女性的娇媚，
我招呼她来我身边，想吻吻她表示爱意，
我花费了全部亲昵称呼的储备——
她笑着，身子向后仰，紧贴着保姆的脖子，
双手热烈地拥抱着老太太，
在她的两颊频频亲吻，毫不吝惜，

从她的肩后顽皮地望着我，

对我嫉妒的苦恼感到开心不已。

这首诗通过小女孩的紧抱着保姆的脖子，身子向后仰，哈哈笑着，在她的两颊频频亲吻，构成一幅鲜活动人的图画，生动形象地写出了小女孩的顽皮、娇柔与可爱。

上述的雕塑性、画面感也赋予迈科夫诗歌以客观性、明晰性、和谐性等特点，一切都只是客观、冷静地描写出来，而尽量避免过多的主观色彩，一切都写得清晰、明朗，斯捷潘诺夫指出："迈科夫诗歌中的一切都是准确而轮廓分明的，其中没有暗语或者朦胧不清，展现在我们面前的事物都完全置身于晴天白日中。"而且，更重要的是，其诗中的一切都追求一种整体的和谐。即便是上述《在这个用可怜的苔草加冕的荒僻海岬》这样写年迈的渔夫老来丧子的诗歌，也是不露声色，客观描述，而且结构完整，层次清晰。即使是《我的孩子，美妙的日子已远逝》这样充满感情色彩的诗，也主要是客观、冷静的描述：

我的孩子，美妙的日子已远逝，

椴树、丁香、百合芬芳袭人的季节早离去；

夜莺不再欢唱，也听不到黄鹂的歌声……

算了！给你编织华美的花串已无可能，

也无法再把勿忘草做成花冠戴在头上；

黎明时早不再有朝露闪闪发亮，

夜色深沉也无法看到它的踪影，

多么轻柔的雾气在湖上飘萦，

点点繁星把湖面当做照影的明镜。

山岩上的帚石南和花儿不再五彩缤纷，

岩缝间的苔藓上毛茸茸着一片初雪。
而你，我的朋友，一如既往：活泼机灵，可爱亲切……
当你一路飞跑，满脸通红，略带倦意，
闯进我偏僻的小屋，带进一股寒气，
哈哈大笑着抖落卷发上的雪花，
响亮而温柔地吻我，我不由笑满双颊。

别林斯基认为，这首诗显示出“我们的诗人是怎样善于变化多端，而又不脱出古希腊罗马风诗歌的调子……这里已经是另外一幅画面，另外一个天空，另外一种气候；可是，构成画面背景的那种诗歌基调，那种观照，还是同一个东西，充满着希腊明朗天空的甜蜜和柔美！”[①] 而且，别林斯基早就“从理论上赞扬了迈科夫诗歌明晰和具有雕塑性的优点”，认为“迈科夫的诗具有古希腊罗马抒情诗的冷静和清晰。”迈科夫自己也极力追求诗歌的和谐和整体的完美：“谈到古希腊罗马诗歌，迈科夫写道：‘这些诗歌最重要的美在于诗歌的和谐和整体的完美。在最新的诗人那里生活或艺术的深刻思想常常体现在具有古希腊罗马风格的小短篇中；还体现在那些完整的剧本，完整的中篇小说，完整的心理学论文中。’对迈科夫而言，古希腊罗马世界充满了现代无法企及的和谐与美，在这个世界里，艺术和自然在统一的快乐和透明的和谐感情中融为一体。”如《致米哈伊洛夫》：

浑浊的乌拉尔河草原河岸，
森林，被郁金香覆盖的草地，
瓦灰色斑岩构成的群山梯形讲堂，
淳朴的部族，你在他们中搜集

① 《别林斯基选集》，第三卷，满涛译，上海译文出版社 1982 年版，第 343—344 页。

已消失世界的传说和故事，
遥远的爱情，蛮荒的幻想，
提升你的精神：你又一次
走进分手的或热恋的他们中间——
我清清楚楚地听见
在你的诗中，在石头间淙淙奔流的小溪，
早已潺潺流淌在诗行里。

米哈伊洛夫是迈科夫的好友，他深入乌拉尔一带比较原始的部落中去采风，收集了大量的民间传说和民间文学资料，诗人对此十分赞赏，但他只是相当客观、冷静地描写了乌拉尔一带的地形特征（草原河岸、森林、被郁金香覆盖的草地、瓦灰色斑岩构成的群山梯形讲堂），其淳朴的部族，然后写到他收集了他们已消失世界的传说和故事、遥远的爱情、蛮荒的幻想，并指出这提升了他的精神，最后含蓄地指出，在好友的诗中有那里淙淙奔流的小溪在流淌（亦即：乌拉尔一带纯美生动的大自然对好友的创作产生了明显的影响）。

《天穹已经变白》一诗更是极其客观：

天穹已经变白……
顽皮的风迅飞疾行……
大自然破晓前的情态
显得敏感而轻盈。
太阳忽然熠熠闪现：
驱逐了黑夜及其最后的昏睡潮——
她打了个哆嗦，睁开双眼，
朝着他嫣然一笑。

诗歌相当简洁而生动地描写了大自然破晓前的情态：天穹变白，顽皮的风迅飞疾行，太阳忽然熠熠闪现，而她打了个哆嗦，挣开双眼，朝着他嫣然一笑。由于太过于客观、简洁，以致“她”反而显得模糊：是黑夜？受到太阳的突然光照而打了个哆嗦，睁开双眼，醒了过来，变成了白天？还是恋人，在黎明时分，因为太阳的光照而醒了过来，对望着自己的恋人嫣然一笑？但和其他诗歌一样，这首诗在整体上是和谐而完整的。

第三，雅俗结合。在19世纪俄国唯美主义诗人中，没有一个诗人像迈科夫这样鲜明突出——其诗歌中既有极其高雅的古风、高雅的美的追求和深沉的哲理或严肃的人生追求，又有世俗的社会问题以及现实生活、粗俗的民间文学和被当时人们认为是“低俗”的口语，从而使雅俗在较好地结合起来。

迈诗浓郁的古风色彩已如上述，此处不赘。其高雅的美的追求，包括两个方面。一是描写日常生活中的纯美，如《游泳的女人（恒河岸边的旋律）》：

月亮啊，我爱你，
你升上天宇，
照亮了夜泳归家的调皮美女！

空气啊，你是如此美妙，
从远处送来华美花冠的芬芳之潮，
向我们宣告她们的来到。

大海啊，你是如此动人，我听见
你的清爽沁入她们的酥胸和玉颜，

也沁入了她们黑色或棕色的发辫。

这首诗描写了印度美女在恒河边的洗浴，并且主要写的是她们夜泳归家，写得十分含蓄，体现了诗人不仅写大自然之美，而且日常生活中的人体美，不愧是画家。二是表现艺术方面的一些问题。如《心灵深处有隐秘的思想》：

心灵深处有隐秘的思想；
在它们诞生的最初时分，
诗人已闻到未来创作种子的清芬。
它们似乎安睡并成熟在宁静的梦乡，
等待一个时刻，等待某个信号，
闪电轰击，它们就能钻出黑暗长芽舒苞……
有时又偷偷地、秘密地与之同行，
站起来欣赏它们那神秘的梦境，
就像母亲满怀爱意，默默无言，
站在充满秘密的正屋里熟睡的孩子前……

全诗表现了创作需要酝酿与等待灵感的过程，从而揭示了创作的某些奥秘。又如《致冈察洛夫》：

异国的海洋和土地，
　故乡中人们的面影——
在你美妙的故事里
　这一切都在我眼前栩栩如生。

我们的北方平淡而可爱，

可爱，并且可亲，
而今又使我深感悲哀，
它突然好似监狱阴森，

命运的侮辱对心灵的重创
远甚于发烧的伤口，
金灿灿的梦想
在蓝晶晶的远方招手……

张开宽阔的翅膀在河上悠游，
飞进满是尘土和花岗岩的城市，
一只雪白的海鸥
逍遥在阳光灿烂的日子。

我们的双眼热切地留心
这意外客人的飞行——
仿佛此刻为我们
从海上吹来一阵清风。

冈察洛夫（1812~1891），俄国著名小说家，主要作品有长篇小说《平凡的故事》（1847）、《奥勃洛摩夫》（1859）、《悬崖》（1869）和长篇游记《战舰巴拉达号》（1858）。这首诗指出，冈察洛夫的长篇游记描写了异国的海洋和土地，而其小说则描写了俄国的人和事，但都美妙生动，栩栩如生，让人神游远方，从而生动形象地表现了艺术的魅力。再如《致艾瓦佐夫斯基》：

我的诗歌不被珍视，

甚至不值四分之一金币！
而你竟为它赠给我
一小块真正的太阳，
一小块你自己的太阳！
于是我的诗便把一种光
注入人们的心田，
一如你——在这无边的远方，
突现扬起风帆的大船，
船帆仿若燃烧的火焰，
闪耀在涟漪频荡的如镜水面，
广袤无垠的漫漫空间，
空气如此灼热，
又如此轻盈，——
我得到的评价如此之高，
认为自己的诗是最好的礼物，
我为它感到自豪，
于是，我想歌唱，永远歌唱，
用自己的太阳使心灵温暖，
就像你现在以太阳把我温暖！

这首诗是献给好友艾瓦佐夫斯基的，从侧面反映了当时唯美主义者在文坛生存的相当艰难。艾瓦佐夫斯基（1817~1900），俄罗斯著名的海景画家，代表作有《黑海上的暴风雨》、《九级浪》等。全诗表现了诗人得到好友肯定和鼓励后的激动、自豪之情。因为当时占整个文坛主流地位的是革命民主主义、民粹派等现实主义倾向的文学，迈科夫的诗歌因为其唯美特色遭到否定甚至批评，根本不被珍视，同为艺术家的艾瓦佐夫斯基的肯定，极其宝贵，十分感激，宣称他用太阳把自己温暖，而自己受此影响，也要用太阳去温暖别的心灵。

受丘特切夫、晚年费特的影响，迈科夫晚年的诗歌也常常表现深沉的哲理，如《崇高的思想需要名符其实的铠甲》：

崇高的思想需要名符其实的铠甲；
庄重的女神像——需要坚实的台座，
神殿，祭坛，七弦琴，铙钹；
还有甜美的歌，和阵阵芳华……

她的每个细节都被仔细斟酌，
以使外表的混乱保持和谐，
以便从每个细部都透现出她的圣洁，
于是整个神像闪耀着——你灵魂的圣火！……

充满欢乐，或是愤怒，或是惙惙，
让它突然从你面前的黑暗中走出——
驱散这黑暗——在他身后的远处
是一个无限美好的自我。

诗歌用一个几乎蔓延全诗的比喻来形象而详细地说明，就像庄重的女神像需要坚实的台座、神殿、祭坛、七弦琴、铙钹、歌曲、芳香等等，并且每个细节都要仔细斟酌以便透现出其圣洁一样，崇高的思想也需要名符其实的铠甲，这是为了更好地突出它的崇高以便驱散黑暗，展现自我。又如《陈腐的尸骨》：

我颤栗着细认

这另一个世纪的尸骨……
等待我们的是这样一种命运：
出现又一群人的部族……

我们喧嚣的光荣已经寂灭；
人和传说都已死去；
我们的智慧使之强大以之自豪的一切，——
不会进入另一些创作里。

是僵硬冰冷的星斗，
或者精疲力竭的狼，
像一艘空船，地球
在天海里如飞急航。

满世界地漂来浮去，
迅飞疾驰的灵魂庄严
莅临我们城市的岛屿，
就像坐在无声无息的花岗岩……

理性就这样让我们
猜透生活的秘密……
然而心儿狂跳，胆怯的希望渐渐消隐——
或许，高傲的理性只是自以为是！

诗人面对地球运转，时光流逝，世纪更替，而人生短暂，总要被新的一代取代，一方面深感高兴——是理性让我们猜透了生活的秘密；另一方面又深感悲哀——我们的智慧使之强大以之自豪的喧器的光荣早已寂灭，也许不会留下任何痕迹，也许高傲的理性只是自以为是罢了。这首诗表达了与丘特切夫类似的人既强大又无力、人生短暂、建立了功业的前辈很可能被后代遗忘等哲理主题。

《我们在严厉的学校长大成人》则表现了相当严肃的人生追求

我们在严厉的学校长大成人，
在骑士时代的种种传说里
历经劳动，熬受贫困，
成熟了智慧和意志。
在这所学校里淬炼成才，
让诗人拥有全副武装，
在这阿斯塔尔达和巴尔的时代
这有时或许显得可笑……正是这样！
他的坐骑——是一匹劣马，
堪与驽骍难得齐名，
他本人也和堂吉诃德分毫不差，
毫不动摇地完成神圣的使命！
天空的光明对所有人都已熄灭，
大家都在黑暗中寻找逍遥的原野，
为了淫欲，为了饕餮，
他们肆意侵犯神圣的一切，——
他孤身一人——带着捡来的盔甲，
在广场上，面对人流滔滔——
向巴尔和阿斯塔尔达
掷出挑战的手套。

这首诗表现的是诗人的人生哲理及人生追求。从小受过严厉的人生教育，同时在又骑士的种种传说中浸泡长大，历经劳动，熬受贫困，百炼成才，有美好的理想、严肃的人生追求。然而，时代不同了，这是一个只追求情欲和金钱的时代（阿斯塔尔达是古腓尼基和其他闪族的土地及爱情女神，巴尔是古代腓尼基、叙利亚及巴勒斯坦管钱财的神名，此处用两个异教神代指情欲和金钱），这使得诗人就和堂吉诃德一样可笑而孤独，但他毫不动摇，孤身一人，面对人流滔滔，勇敢地走到广场上，向巴尔和阿斯塔尔达扔出挑战的手套。

与此同时，迈科夫又较多描写世俗的社会问题以及现实生活，如前述爱情诗中的《年轻少妇》尤其是《他从污秽中把她拯救》就非常突出，又如《杰斯波》：

苏里睡了，基亚法也睡了，
土耳其的旗帜到处飘扬，
只有杰斯波在黑色的塔楼里
锁上了门，拒绝投降。

“放下武器，杰斯波，
愚蠢的女人，你同谁争辩？
你应像奴隶一样向巴夏投降，
恭恭敬敬地走到他面前！”

“杰斯波从来不当奴隶，
更不会成为你们的奴隶！
他高举熊熊的火炬：
孩子们，跟我一起怒斥！”

火炬被扔进黑暗的地窖……
山谷震颤，四方展开攻击——
在黑暗的塔楼里，
腾腾烟柱摇曳不已。

全诗用相当写实的手法，塑造了一位现实生活中的希腊英雄形象——宁为玉碎不为瓦全，誓死抗击土耳其异族侵略者决不投降当奴隶的杰斯波。

进而，他翻译并学习粗俗的民间文学，描写最最琐碎、世俗的日常生活，如《白俄罗斯民歌》：

啊呀，我的儿子们，我的雄鹰，
　我的鸽子，我的女儿们！
我的大限到了，我就要死了，
　快到我身边来哦！"

走进小屋，儿子们轻声商量，
　怎样把母亲安葬；
走进小屋，女婿们细声交谈，
　怎样妥善地划分家产；

哎，可是女儿，这些母鸽们，
　在四周守护着母亲！
而儿媳们走进家门，
　边嘲笑她们。

这是当时最世俗的日常生活，母亲即将去世，子女们守在家里，准备送终并安排后事，但诗歌细致地写出了晚辈各不相同的态度：儿子轻声商量怎样安葬母亲；女婿们细声谈着怎样妥善地划分家产；女儿们最关心母亲，都围在母亲身边；儿媳们则感情淡薄一些，一走进家门，就嘲笑她们。好一幅世俗众生相！

当然，诗人也学习民间文学中运用口语来表达富有想象力和诗意的内容，《摇篮曲》就是如此：

睡吧，我的小宝贝，快快睡着！
快快进入甜蜜的梦境，
我给你请来三个保姆：
风儿，太阳和老鹰。

老鹰已飞回家来，
太阳已落入大海，
风儿刮了整整三夜，
正飞到妈妈那里去安歇。

妈妈问风儿：
"你可躲到哪里去了？
莫非你去和星星开战？
莫非你去把波浪追赶？"

"我没有追赶海浪，
也没有招惹金色的星光，
我守护一个小宝贝，
把他的摇篮轻晃轻吹！"

全诗运用口语，极有想象力也极富诗意地为儿童创作了一首绝妙的摇篮曲，让风儿、太阳和老鹰当了小宝贝的保姆，而风儿和妈妈的问答更是诗意盎然。

在此基础上，迈科夫使用被当时人们认为是“低俗”的日常口语来创作抒情诗，如《不可能！不可能！》：

不可能！不可能！
她还活着！……马上就要醒来……
你瞧：她想说给你听，
她睁开双眼，喜笑颜开，
她凝望着我，紧抱着我——
她恍然大悟，我为何哭泣，
她爱意融融地对我说：
“多么可笑！为何痛哭流涕！……”

然而，不！……她躺着……安详寂静，
无声无息，一动不动……

这首诗是写给童年夭折的小女儿 A. H. 迈科娃的。她非常活泼可爱，诗人为她写了不少诗，前述之《女儿》中那个顽皮、娇柔、可爱的小女孩就是她。她的早夭，使诗人肝肠寸断，伤心欲裂，此时无暇顾及斟词酌句，而是一口气用日常口语表达了自己那种决不相信又迫于事实不得不信的悲痛心理。又如《遗嘱》：

战友们，团结起来！
大尉牺牲了！
因为忠贞不渝，他牺牲了，

因为土耳其人给他的神圣伤口牺牲了！
“朋友们，死亡并不可怕，
但我害怕坟墓……
黑暗，狭窄……独自一人
躺在那里，连梦都没有！
终日啃着泥土和各种垃圾，
宝剑，因远离血液而生锈，
还有我的胡子和眉毛，
我那黑黑的眉毛！……

不，兄弟们！不要
把我就地土葬！
请把我竖着放进棺材，
葬在山上，面向东方。
在棺材上劈开一个小窗，
以便我闻到春天的芳香，
以便燕子在我上方，
来回盘旋，啾啾歌唱，
以便我从棺材里远远
发现土耳其人的侵犯，
以便我前后左右
都能落满射向他们的子弹。”

这首诗和上述《杰斯波》一样，也是以现实生活中希腊人反抗土耳其人的斗争为题材。《杰斯波》用写实的手法塑造了血战到底的英雄杰斯波形象，本诗则借用大尉的口气，表达了希腊英雄为民族独立、自由而不怕牺牲、奋战到底的英勇气概，即使死了，也要葬在山上面向东方，以便看到春天到来，发现土耳其人的侵犯，看到战友们狠很地打击敌人（“前后左右都落满射向他们的子弹”）。在艺术上与我国歌剧《洪湖赤卫队》中韩英《看天下劳苦人民都解放》的唱词异曲同工：“娘啊，儿死后，/你要把儿埋在那洪湖旁，/将儿的坟墓向东方，/让儿常听那洪湖的浪，/常见家乡红太阳。/娘啊，儿死后，/你要把儿埋在那大路旁，/将儿的坟墓向东方，/让儿看红军凯旋归，/听那乡亲在歌唱。/娘啊，儿死后，/你要把儿埋在那高坡上，/将儿的坟墓向东方，/儿要看白匪消灭光。/儿要看，天下的劳苦人民都解放！”可见，中西的确有着共同的文心。

综上所述，迈科夫的诗歌的确有自己的特色，也有较高的艺术成就，尽管他创作了一定数量反映社会现实的诗歌，但其主流尤其是主导思想观念是唯美主义的，他的确是与费特、波隆斯基并驾齐驱的颇为正宗的唯美主义诗歌的重要代表。

附录：迈科夫[①]

[俄]斯捷潘诺夫著　曾思艺、马琳译

1

在19世纪俄罗斯诗坛上，阿波罗·迈科夫早已拥有显著而不可动摇的地位。在漫长的写作生涯中，他不知疲倦地创作了许多具有标志性的杰出作品。迈科夫少年时期的最初诗歌以家庭手抄本的形式“出版”时，普希金还在世，而其最后的作品创作于19世纪90年代，正是俄罗斯象征主义的初期。

迈科夫的一生并没有什么惊天动地的大事，他的生活历程不受干扰如平静的水流。诗人写给兹拉柯夫斯基的信中说道：“我一生的传记，并非表面的事例，而是内心生活的成长过程与心灵世界的开阔过程。”

阿波罗·尼古拉耶维奇·迈科夫于1821年5月23日（俄历6月4日）出生于莫斯科一个传统的贵族文化世家。曾祖父的哥哥瓦西里是18世纪的著名作家，曾创作了幽默诗歌《叶里赛，或者被激怒的瓦克何》。迈科夫的祖父作为剧院的总负责人与文学圈十分亲近。未来诗人的童年是在莫斯科郊外父亲名下的扎伽尔斯基村度过的，俄罗斯的自然风景铭刻在诗人童年的记忆中。迈科夫的父亲H. A.迈科夫自修绘画并且获得绘画科学院院士的称号。迈科夫从小

① （译自《迈科夫诗选》，苏联作家出版社，列宁格勒，1957年版。）

受到了浓郁艺术氛围的熏陶。

在迈科夫的家中，特别是1834年全家迁居彼得堡以后，汇集了许多艺术家、文学家、音乐家。他们经常对一些艺术、文学问题进行热烈交谈甚至激烈争论。冈察洛夫后来时常回忆起迈科夫家中的艺术氛围："在这里人群沸腾了，人们给这里带来思想、科学、艺术领域丰富无比的营养。青年学者、音乐家、画家以及众多30、40年代的文学家齐聚在迈科夫家的客厅里。尽管这里既不宽敞也不明亮，但却是大家舒适的栖身之所。大家和主人一起组建了兄弟般的家庭或学校。在这里他们相互学习，互相交换关于社会思想、科学和艺术方面的新信息。"经常出入迈科夫家中的访客有冈察洛夫、巴纳耶夫、别涅季克托夫，后来则有屠格涅夫、格里戈罗维奇、陀思妥耶夫斯基。

这种艺术氛围的熏陶使得迈科夫很早就开始了艺术创作活动。早在儿童时代他就被绘画艺术深深吸引，十五岁就开始写诗。这些诗被刊登在手抄本杂志《雪莲花》和不定期的文学丛刊《月夜》中（1836—1839）。这本丛刊的主办人员由迈科夫的家人和朋友组成。这些人有别涅季克托夫，年轻的冈察洛夫，诗人索罗尼岑——以及其他人。这些青春诗歌的一部分后来被印刷出来（《梦》、《疑惑》等等）。

1837年迈科夫进入彼得堡大学法律系学习。在这里他曾兴致勃勃地在古希腊和古罗马历史上狠下过一番功夫，并且钻研了拉丁语和一些古典诗人的作品（贺拉斯、奥维德、普罗佩提乌斯等等）。1841年迈科夫大学毕业时写了毕业论文《论斯拉夫民族法律产生的最初规则的特点》。正是这些为诗人日后对斯拉夫民族的兴趣不断增加奠定了基础。毕业以后迈科夫被分到国家财政局工作。

1842年迈科夫的第一本诗集出版，大受评论家的赞许。迈科夫的早期诗歌表现出他是一个痴迷于古希腊罗马文化及其明快、乐观主义本质的诗人。

别林斯基热情地欢迎有才华的年青诗人的出现。“抛开一切随意的猜测，”——别林斯基写道，“我们暂时只能说他的许多诗显示了他真正的卓越的才华，以及未来的某种希望。”别林斯基的期望并不完全正确。但是文学批评家从理论上赞扬了迈科夫诗歌明晰和具有雕塑性的优点。

从最初的诗歌作品来看，迈科夫是以古希腊罗马抒情诗传统继承者的身份进入文坛的。这种诗歌的代表作家曾经有：普希金、杰尔维格、巴丘什科夫、格涅季奇。转向古希腊罗马抒情诗是19世纪初俄罗斯诗歌史上意义重大又极富个性的现象。俄罗斯诗人复活了古希腊罗马文化中的人道主义，并且坚决主张与保守反动的沙皇专制政策悖逆的人道主义和仁爱。此时转向古希腊罗马的文化与艺术，充实了俄罗斯诗歌的艺术表现力，增强其古希腊罗马艺术的雕塑式的明晰。

别林斯基着重强调古希腊罗马艺术的人道主义，它关注和谐与出色的人。他在一篇评价歌德《罗马哀歌》的文章中写到，希腊人的艺术是最崇高的艺术，是一切艺术的规范和原型。别林斯基也高度评价继承了古希腊罗马人道主义的俄罗斯具有古希腊罗马风格的抒情诗，尤其是普希金的抒情诗。别林斯基同时也评价了迈科夫的诗歌《梦》，说这首“美妙如画”的诗具有深刻的思想。别林斯基如此高度评价具有古希腊罗马风格的抒情诗，点中了俄罗斯诗歌的全部症结（依据的是俄罗斯诗歌的整体状况）。迈科夫开始从事创作时文学界正刮起一阵摒弃普希金的创作方法和传统之风。普希金及其同时代诗人诗歌作品的鲜明性和雕塑式的深长意味被以霍米亚科夫、舍维廖夫为代表的形而上学的、抽象的哲学抒情诗，以及宣扬诗人精神的圣彼得堡大臣别涅季克托夫创作的索然无味的抒情诗所替代。在这种情况下转向古希腊罗马的传统具有原则性的意义，即延续普希金的原则。

迈科夫的诗具有古希腊罗马抒情诗的冷静和清晰。别林斯基在这些古希腊罗马风格诗中看到了对反动浪漫主义倾向的反抗，这种倾向已在别涅季克托夫、舍维廖夫、霍米亚科夫等诗人的诗中表现出来。

随后在 1850 年，迈科夫亲自为谢尔宾纳的《希腊诗歌》写了一篇评论。“近来欧洲和俄罗斯文学中的古希腊风格诗歌，在我们看来，起到了不断提醒我们摒弃诗人那朦胧的幻想和空洞的希望的作用，这种诗歌不断提醒我们那些经常被诗人们忽略的大自然之美，这种美贯通了古代世界，但常常被我们的诗人们遗忘，要么被私人化的我吞没，要么经常变成被让人着迷又令人失望的浪漫主义时代所召唤的表达。”

迈科夫的诗歌不仅仅体现在对古希腊罗马风格诗歌的形式种类的转向，而且还有内容，即转向神话，转向古希腊罗马多神教的，伊壁鸠鲁的世界观。他力图冲破缠绕生命的重重矛盾而沉浸于快乐和谐的美，从而获得真正的清醒，人与自然生命的理想的平衡，在希腊罗马艺术均衡、单纯的形式中找到自己的表达形式。谈到古希腊罗马诗歌，迈科夫写道：“这些诗歌最重要的美在于诗歌的和谐和整体的完美。在最新的诗人那里生活或艺术的深刻思想常常体现在具有古希腊罗马风格的小短篇中；还体现在那些完整的剧本，完整的中篇小说，完整的心理学论文中。”对迈科夫而言，古希腊罗马世界充满了现代无法企及的和谐与美，在这个世界里，艺术和自然在统一的快乐和透明的和谐感情中融为一体。迈科夫对古希腊罗马文化的这种理解与别林斯基近似，别林斯基认为，“渗透着理性和优美的人与自然的和谐统一体”，是古代世界观的基本组成部分之一。

别林斯基在论述迈科夫诗歌的文章中首先指出，“古希腊罗马式的直观”是其诗歌创作和世界观的基本要素，因为诗人是在“用希腊人的眼睛看生活”。“与古希腊罗马缪斯相似”，别林斯基写道，“迈科夫的缪斯汲取了来自大自然的温柔、宁静、童真的灵感”，与之相似的是在兴奋和激情中依旧是那一颗婴儿般纯净的心，迈科夫的缪斯用自己的心灵直接感受自然的氛围，为自己芳香、和谐、自然、优雅的诗歌找到了取之不尽的内容。评论家在年轻诗人的诗中看到了对古典精神的热忱，这种热忱也同样表现在普希金的古希腊罗马风格抒情诗中和歌德的《罗马哀歌》中。

对于迈科夫来说，大自然和人的生命是一个融成一片的和谐统一体。但他在第一本诗集中仍表现出许多消极的观念。人们的欢乐和痛苦以及周围生活的现象已被自然的美软化和安抚了。在他的诗歌中，古希腊人的形象、浮雕、古希腊雕塑般的精神和谐的神和女神，作为真正美的形象出现了。刻着普里阿普雕像的枝繁叶茂的山毛榉遍布的花园，黑暗岩洞旁裸体的酒神女祭司，身着柔软的天鹅绒的苍蝇，姑娘把嗡嗡响的水罐浸入其中的山泉，——这些就是迈科夫诗中一目了然的形象。他似乎试图将雕塑与写生画的完美而和谐的比例与线条转化成文字。其诗歌中甚至有“古老的渔夫”安葬在大海中葬身的儿子这一情节，诗人把这一情节转化成古希腊用大理石雕刻出来的浅浮雕。

诗人梦想“逝去的日子，欢乐怡然的日子”，那时流淌着源自神山的乳和蜜（《赫西俄德》）。迈科夫把这种关于古希腊生活的田园风格的想象带入现实生活。甚至俄罗斯风景和北方的大自然也被他以古希腊的艺术形式呈现出来：堆满草垛的金黄色的庄稼地，湖面上稠密的芦苇，飘渺的白色雾气，——一如古代埃拉多斯的风景一样，获得了透明、宁静和雕塑般的表现力。

迈科夫的第一部诗集沉浸在自己的世界里，其中尽是古希腊的形象、雕塑、相对的美与和谐的大自然，诗人平静地沉思的美。在这些诗中艺术和诗的主题占重要地位。这一主题也正反映了诗人对生活的理解。在《艺术》一诗中迈科夫谈论了音乐和旋律的产生。“过路的老翁”用剪断的芦苇杆做成的长笛吹奏出响彻四周的乐声，充满人的激情的芦苇传达出大自然单纯而美好的心灵。

艺术对迈科夫来说，是对大自然忠诚的表达，是亘古不变的美，艺术是远离尘嚣的，是消极的、旁观的。艺术是独立于人而自发产生的，人无法猜测它的秘密。

艺术家只能捕捉生活中短暂的瞬间，找到表达“天神的秘密”的和声的诗歌形式，把它们变成艺术的创造。在《八行诗》中，迈科夫充分表达了自己的美学观点。诗歌对于他来说是不可思议的理性的开始，是大自然亲自对诗人悄悄提醒的神秘和声：

> 诗句的和谐中有天神的秘密，
> 智者的书籍也无法猜破这个谜。

只有“橡树林的交谈”、“芦苇的低语”才能暗示出诗歌的谐音和它们“音调优美、节奏和谐的八行诗句”。

甚至当迈科夫在古典风格诗歌中讲述激情诉说爱情时，他也运用雕塑艺术中造型优美的象征，力求通过姿态、色调、行为的描写来显形情感。赤裸的酒神女祭司（诗歌《酒神女祭司》）躺在黑暗山洞的背景里，诗人的注意力集中在叶子的阴影与滑过她那大理石般的胸脯的太阳光的游戏上。大自然本身就是古希腊罗马的布景，是使这些雕像更加清晰的美丽如画的背景。

与普希金高尚纯洁的古希腊罗马风格诗歌不同，迈科夫（随后谢尔宾纳在更大程度上）创造了华丽唯美的埃拉多斯，把古希腊罗马世界的外在属性诗意化。正是这种夸大的外表的美丽，实际上没有更多平庸无味的论断的诗人思想家的虚假姿态，在 1850 年代被科济马·普鲁特科夫在滑稽模拟作品《古希腊罗马抒情诗歌》中毫不留情地恶毒嘲笑（迈科夫的诗也在其中）。

伊壁鸠鲁式的享乐主义生活哲学是迈科夫“古希腊罗马风格抒情诗”的基础，它追求美的享受，远离现实问题和时代风波。享受艺术、大自然、爱情和美酒——这就是诗人心目中“生活的智慧”。在俄罗斯文学痛苦地从社会重重的矛盾中寻找出路的年代，响起了这种远离现实问题和时代风波的毫不掩饰的享乐主义说教。别林斯基在1842年肯定了迈科夫的古希腊罗马风格抒情诗，他在其诗歌中看到了“纯朴的诗意”、“雕塑般的、芬芳的、优美的形象”。与此同时，他也严厉地批评了迈科夫的诗，在这里诗人走出了古希腊罗马的世界而转向了时代主题（《麻雀山》、《奇妙的世纪》等等）。“在这些诗中，”别林斯基写道，“我们希望找到一个在思想、形式、感情、好恶、悲喜、希冀上都能体现当代世界的作家。但是……唉！很可惜我们没有找到，诗歌中甚至连诗人自己的影子都看不到……”

别林斯基指出迈科夫的古希腊罗马风格抒情诗在思想上过于狭窄，他领会的只是古希腊罗马的一个方面，而“没有触及到古希腊罗马艺术中悲剧性的一面”。评论家呼吁诗人走出自己那优美的享乐至上主义的“美丽的大自然”的世界，奔向更广阔的社会题材。“不过，诗人改变的那一刻终于会到的。或许诗人的内心发生了变化——美妙的大自然再也不能遮挡诗人的眼睛，它会关注最高的世界现象——那是一个道德高尚的世界，一个人、人民和人性审判的世界……”然而，尽管迈科夫后来在创作和思想上都拓展了古希腊罗马风格抒情诗的狭窄视界，但依旧无法达到别林斯基的期望。

迈科夫是19世纪下半叶俄罗斯诗歌中“纯艺术”流派的代表人物。这一流派竭力通过在观察自然中产生的宁静快乐和对艺术的热爱这个码头来对抗正在变大的社会风暴。

2

第一部诗集的成功决定了诗人未来道路的选择。此前一直在绘画与文学之间徘徊的迈科夫最终选择了诗人的道路。1842 年底，迈科夫第一次来到意大利做短期旅行。意大利的一切早已深深吸引着他：作为诗人，他热爱古希腊罗马文化；作为艺术家，他梦想看到壮美的风景。迈科夫把自己对意大利的印象记录在了自己的《罗马素描》（1847 年）中。从意大利返回的途中，他造访了布拉格，在那里他结识了斯拉夫运动的活动家——甘卡和沙法立克。这次相识对诗人后来增长斯拉夫民族兴趣产生了很大帮助。

在《罗马素描》中，迈科夫试图从古希腊罗马风格抒情诗唯美的旁观和冷漠中走出来。在他的书中不只是风景写生，也有罗马生活、街头琐事和风俗画的鲜活随笔。迈科夫写的这种风俗小故事描述了普通百姓的淳朴、淡泊的性格。南方灼人的烈日、高大建筑下雪白的柱子，风景如画的废墟、积极乐观的人们——这就是意大利留给迈科夫的印象。慵懒的在广场上散步的乞丐、皮肤黝黑的农民女儿芙奥琳娜以及放荡不羁的劳伦佐——这些活生生的美景无不深深吸引着艺术家——迈科夫用自己的眼睛观看着意大利：

一个老头，用破衣滥衫遮住脑袋
姿势优美地懒懒躺在古代会议厅
豪华楼梯的大理石板上，
看来，他已沉沉入梦……

（《乞丐》）

确实，这些草草完成的速写还远不够深刻，还缺乏对真正的民间生活的了解。迈科夫偏爱古代多神教的罗马，偏爱这座仍保留着昔日辉煌的极有说服力的片断的城市——它在衰败之前曾充满了完美的精神财富。目睹富丽堂皇的罗马往昔的断片，迈科夫意识到古希腊罗马世界已是陈年旧迹，他应该开始活在他曾一度否定的现实生活中了。诗人把当代意大利放在古罗马及其宏伟废墟的背景下去理解（《Campagna di Roma》、《游戏》、《古罗马》等），这里保留着昔日辉煌的痕迹和逝去自由的回忆：

你灭亡了，却是一种活着的灭亡……就在陷落时，
你也依旧保持着自由，
你抛洒热血放弃房产，捍卫自由的旗帜，——
元老院向固执而任性的人民鞠躬致意……

（《古罗马》）

通过比较罗马民众的豪迈与古希腊罗马文化中“凋零的心”一代的精神，迈科夫不仅转向了唯美的而且转向了理性化和理想化的古希腊罗马世界。

《罗马随笔》体现了迈科夫的自由主义情绪，尽管这种表现不十分明确且很模糊。组诗《在路上》，着重强调了作为古希腊罗马继承者、有着“高傲的自由”的阿尔卑斯山农民简单质朴的生活。迈科夫转向“谷地的阿尔卑斯之子”，并且羡慕他的“幸福”：

你喜欢亲近的事物，以自己的自由为荣，
你找到了人们几个世纪苦苦等待的东西……

尽管对当代意大利可怕的政治抱艺术家的冷漠态度，迈科夫在诗歌《Palazzo》中还是表达了自己对民族自由以及加里波第领导

下的民族解放运动的深切同情。迈科夫把目光转向了为意大利的自由而战的贵族后裔，赞扬他们的爱国、崇尚自由的功勋：

你大声宣布要放弃命运的礼物——
父辈们从人民那里偷走的权利，
你响应盛大战斗的召唤
并且高声大喊："为了意大利的自由！"
骄傲地为祖国的荣誉而战，
巴兰斯卡亚战旗在你的头上飘扬。

3

从国外回来后迈科夫进入了别林斯基的圈子。这种进步思想的影响也来自诗人的兄弟——瓦列里安·迈科夫，在这些年里，他主持《祖国纪事》的评论部，并接受迈科夫也加入了这一刊物的活动。

在社会矛盾重重的大环境下，迈科夫不能再像以前那样以享乐主义态度对待现实生活，不能再悠闲地欣赏古希腊罗马文化。与别林斯基的结识及其作品的收集对迈科夫来说意义重大。进步的思想、改进社会的渴望，别林斯基周围这一切热烈的气氛都促使迈科夫转向社会主题。正是在与别林斯基接近的几年中，迈科夫创作了长诗《两种命运》和《玛申卡》以及一系列表现公民动机的诗歌。

迈科夫甚至也成了彼得拉舍夫斯基小组"星期五"活动的常客，彼得拉舍夫斯基是他的大学同学。然而在彼得拉舍夫斯基小组里，迈科夫并没有任何明确的位置，与其说他对政治问题感兴趣，不如说吸引他的是一系列的文学问题。

保存在伽连尼舍夫—库图佐夫档案管里的《迈科夫关于陀思妥耶夫斯基和彼得拉舍夫斯基的故事》不久前出版了。迈科夫在这里回忆了陀思妥耶夫斯基给他提过的加入特别小组的建议。陀思妥耶夫斯基、斯别施涅夫、毛姆别里、菲里波夫等也加入了这一小组。这一小组以组织秘密印刷书籍、“甚至刊物”为目标。迈科夫曾问过陀思妥耶夫斯基为什么要成立这一组织。据迈科夫说，八大成员之一的陀思妥耶夫斯基是这样回答的：“当然是为了在俄罗斯进行变革。”吓坏了的迈科夫完全远离这种果决的行动，他坚决拒绝参加这样的组织。“我不仅不想参加这样的组织”，他声明道，“也建议您不要加入。难道我们是政治活动家吗？我们是诗人、艺术家，我们不是实践家，何况我们还一贫如洗。难道我们适合做革命家吗？”尽管这些回忆属于晚期（将近1887年），但从中仍可清晰地看出迈科夫的立场，这种立场与信仰的连贯性没有什么不同。

甚至在后来迈科夫不止一次提到他被空想社会主义理论和傅里叶的法郎吉稍稍迷惑的时候，也可以完全信任他。被镇压吓坏了的迈科夫在彼得拉舍夫斯基动乱之后毅然同民主思想阵营决裂。尽管时间短暂，但与别林斯基和彼得拉舍夫斯基的接近对他的创作产生了积极的影响，帮助诗人加快了转向当代具有现实意义主题的进程。1840年代，迈科夫加入了涅克拉索夫的《彼得堡文集》，《祖国纪事》和《青年》。

迈科夫的自由主义情绪在他的长诗《两种命运》（1845）和《玛申卡》（1846）中得到了充分的体现。在《两种命运》中他塑造了一个丧失信仰、心灵空虚的当代英雄形象——忏悔的贵族弗拉基米尔。他从农奴制的现实逃离出来，来到了一个充满古希腊美的城市——意大利。迈科夫在这首诗中甚至显示出了一个社会黑暗面揭露者的姿态，在诗中抨击了继承了贵族老爷习气的琐琐屑屑、空虚无聊和爱慕虚荣的一代。其实，长诗的主人公——19世纪40年代的多余人形象塑造并不十分鲜明突出，对其内心的纠结很少说明理由，而且是从感伤主义的温柔视角来传达的。

迈科夫在掌握了现实主义方法很长时间以后才开始着手另一首长诗《玛申卡》的创作。长诗的情节与普希金的《驿站长》有些类似。迈科夫的这首长诗刊登在涅克拉索夫主编的《彼得堡文集》里，是“自然派”的代表作。在《玛申卡》中尖锐地谴责了上流社会的不道德与冷酷无情，叙述了善良的、被贵族军官玩弄后又无情抛弃的姑娘的悲剧命运。长诗的主题是表现深深的父爱。年迈的小官吏原谅了自己被军官抛弃的女儿，帮助她抚平内心深深的创伤。别林斯基在评论《彼得堡文集》时把迈科夫的这首诗称作是“极好的”一首，在描写人物性格，尤其是玛莎父亲的性格时忠于现实，善于展示生活的真实。

长诗由于自己的人道主义、民主主义倾向而接近“自然派”的总主题和艺术原则。揭露贵族至上主义的民主主义热情，对现实生活细节的描写与感伤、仁爱的人道主义相结合，这是众多关于“穷人”的随笔和小说（陀思妥耶夫斯基、涅克拉索夫、格里戈罗维奇、布特科夫和其他19世纪四十年代的作家）的特点。

迈科夫在长诗中讲述了一个平淡无奇、屡见不鲜的被凌辱的穷姑娘的故事，揭露了当代生活中丑陋的一面。对日常风俗细节的重视，对“小人物”的富有同情心的描写，与感伤主义民主主义倾向同自然主义的形象相结合的“自然派”诗学不同，例如年迈的小官吏在自己的女儿回来后绝望的形象：

被杂草掩盖的花园、长凳，
在白桦树宽阔的枝荫，
坐着一位老人，
最后一绺头发早已掉落，
面色苍白，瘦骨嶙峋，
依旧穿着那套破旧的文官制服，

显然他不愿脱下，
尽管他早已离任……

继《玛申卡》之后，同样在1846年，诗人又创作了一首篇幅不大的长诗《小姐》。在这里迈科夫以揭露者和讽刺作家的身份揭穿了地方贵族们空洞无聊、缺乏理智的生活。诗人叙述了地方小姐们的典型命运——仅仅是人世浮华市场上的贸易商品，在富裕而无聊的寄生生活中，她们毁灭了自己“渴望快乐的心灵”，变成一个慵懒空洞、好搬弄是非的人。然而迈科夫的讽刺没有体现出来——有的只是涅克拉索夫式的愤恨和俏皮，它富含道德说教，显然迈科夫无法胜任讽刺作家的称号，他在这种体裁中不多的公开说教并未给他带来成功。

这些诗歌不仅有助于了解迈科夫1840年代中期的创作心态，也有助于领会他后期作品的艺术风格，如长诗《公爵的女儿》，和短诗《舞会以后》、《母亲与女儿》、《嫁妆》等（出自文集《日常生活的思索》）。在这些作品中可以看到果戈理流派作家的写作手法——对生活风习和突出的道德倾向的偏爱。

尽管迈科夫与别林斯基以及1840年代别林斯基周围的作家接触的时间短暂，关系也不密切，但这段经历仍对诗人的创作颇为有益，它促使迈科夫的创作向现实主义方向发展，这在他关于俄罗斯大自然的诗歌中表现得尤为充分。然而就在诗人转向当代生活时，他也力求对主题和形象进行现实主义的说明。毫无浪漫主义、主观主义色彩，也没有传达那种捉摸不定的感觉，而这是费特和波隆斯基的突出特征。不过迈科夫与涅克拉索夫的民主主义诗歌的现实主义仍相距甚远。迈科夫肤浅的现实主义既使他的思想过于狭窄，仅仅局限于当代现实和过去生活中种种现象的理解，也使他渴望“粉饰”，渴求外表上的美丽。

4

1844年从外国返回之后，迈科夫开始在彼得堡的卢缅采夫斯基博物馆担任了一名图书馆助理管理员。1852年他转入了外文书刊检查部门，他在这里工作了近45年，开始只是一名基层职员，后来晋升为书刊检查委员会主席。

这时的迈科夫，像前文提到过的，放弃了自己对自由主义的热衷。1850年代初，他与波戈金结为好友，而后与保守主义的圈子走得越来越近，虽然他也偶尔与政府的反动政策方针发生分歧。

在别林斯基和彼得拉舍夫斯基圈子里，迈科夫感到自己形同路人，而在自己那有着家庭气息的圈子里，他与杜得施金、冈察洛夫、蔡德勒交往，找到了真正的志同道合者。后来，当回忆起自己昔日的那些爱好时，迈科夫在给维斯科瓦托夫的信中写道："我们是不自觉地在基督教与俄罗斯的土壤上成长起来的，在自己的活动中我们表现出来的当然也是基督教与俄罗斯的那一面，但是我们和世界的关系却有时属于这种或那种的哲学学说。突然，别林斯基的思潮袭来了：关于婚姻、关于社会条件的新思想；还有旧世界以及它的宗教和社会结构都过时了，需要一个新世界……一句话，西欧派施展了自己的力量，垄断了一切，当然，也包括我。"然而，正如迈科夫本人在同一封信中承认的那样，那种家庭的、富有"骑士精神"的保守贵族的传统把他领向了另一个方向。与此同时，另一个风潮也"俘虏"了他——波戈金的《莫斯科人》杂志风潮。与波戈金的接近，俄罗斯历史，斯拉夫世界，俄罗斯国家体制的思想——这一切都吸引住了迈科夫。1850年代初他与"青年编辑部"和《莫斯科人》十分接近。在1880年代末写给儿子的一封未发表的信里，迈科夫对此写道："在青年编辑部里我被看作自己人，我很幸福，因为找到了自己的所属，我也不能完全接受那些反对彼得的最初阶段的斯拉夫主义者。波戈金在这类观点上强化了我的看法”。

长诗《克莱蒙会议》（1853）表达了迈科夫的这类观点。这首长诗不仅是对发生在克里木战争之前的事件的反映，也是诗人自己保守地位新的诗学宣言。通过刻画第一次十字军东征，迈科夫指出了历史与当代事件状况的类似。他提醒那些欧洲的国家记住俄罗斯挡住金帐汗国的堡垒作用：

东方崛起了金帐汗国，
当时只有罗斯独自
用身体筑起整个欧洲的屏障……

在自己的长诗中迈科夫真挚地捍卫基督教，把俄罗斯看作是拜占庭帝国的继承者。关于俄罗斯国家体制的思想，对俄罗斯未来的信心与对俄罗斯民族的爱国主义自豪感一起构成了长诗主要的激奋点。迈科夫深信：

从冰封雪冻的俄罗斯，
前所未有地走出
暴风雨般的巨人种族，
一个青春永驻，光荣，幸福，
永远无法满足其渴望的种族，
就在这个种族里
雷霆万钧的彼得正在成熟。

克里木战争极大地促进了迈科夫思想及世界观向右转变。他写了一系列的诗歌来反映发生在1854年的事件。迈科夫的诗集《1854》所选诗歌不多，通过一系列涂满君主制度特色的事件，表达了诗人的爱国主义情感。紧接着这部诗集之后，他在1854年3月创作了反动的、君主专制的诗作《四轮马车》，谄媚地赞颂了尼古拉一世。这首诗引起了当时社会进步人士的愤慨，并使诗人长久拥有一个不雅的外号“阿波罗·四轮马车”。通过收录在诗集里的《奥列金》一诗，诗人走向了法国革命及所有民主活动的对立面。他现在已经按照“官方民族性”的精神来评价这些活动，把它们看作西方的传染病，看作脱离了俄罗斯土壤与忘却了俄罗斯历史使命的结果。脱离了那些前不久还信奉的先进思想，迈科夫成了一个思索影响“历史进程”的“盲目的宗教狂热病患者”。

1858年迈科夫搭乘“巴亚恩”号巡航舰开始了去希腊和群岛的航行。在这次航行中迈科夫特意学习了现代希腊语，并写出了两组诗:《那不勒斯画册（纪念册）》和《现代希腊之歌》。

描写日常生活的小故事《那不勒斯画册》没有过分的华丽，相反，迈科夫采用了他在诗歌创作中很少用到的海涅式讽刺语气。在更为成功的《现代希腊之歌》中，迈科夫介绍了淳朴的民族渊源，这一小民族的英雄主义以及为自由和民族独立而同奴役者斗争的自我牺牲精神。组诗中的《儿童之歌》因为抒情性和极富民族风情而成了最为流行的歌曲。

1858年两卷本的迈科夫诗集面世了，后来在1872年的再版本中又做了增补。在1860年代，迈科夫翻译了《伊戈尔远征记》（于1870年出版）。

对俄罗斯历史由来已久的兴趣促进了迈科夫与历史学家别斯图热夫-留明、E. A. 别洛夫及语文学家普拉霍夫的结交。这些人都信奉那些能够巩固君主制和促进俄罗斯大地和斯拉夫民族联合的思想。这些思想在很多方面影响了迈科夫的看法。他更加以君主制的保卫者自居，认为君主制才是统一的保障和对付社会反对力量的手段。

迈科夫思想上的局限性极大地束缚了他的诗歌创作以至于他的作品中经常有败笔出现。只要想想《舞会之后》这类的作品就够了。在这里，诗人“揭露性”的激情没有高于感伤主义道德家的“愤慨”、“女人的诽谤和谎言”、“金钱的羞辱”、“时髦的交际花”。

声名狼藉的1861年的农奴制改革得到了迈科夫的热烈拥护，这一措施使他很满意。他从自由主义贵族的视角评价了这次改革，认为这是新生活的开始，并号召人们恭顺地对待这次改革，坚信美好的未来。在《图画》、《田野》和《田地》这类作品中，迈科夫为农民的幸福而深深感动，梦想着他们的教育，描绘了一幅感人的农民快乐生活的田园牧歌图。小女婴的四周围了一圈上了岁数的男人，他们一边用手指头指着，一边读着沙皇关于解放农奴的告示。在诗的最后，迈科夫写的是民族的教育，他从中看到了光明未来的保证：

意志，兄弟们，
——这只是第一阶段，
在思想的国度里，
永恒的日子金光闪闪。

《图画》

这些贵族式感伤主义的感伤与幻想是对革命民主主义者的那些纲领及其对政府改革的否定态度的抗议，因此招致了萨尔蒂科夫－谢德林的愤怒。在评论迈科夫的诗歌时，谢德林狠狠地嘲讽了《图画》一诗的做作和“芭蕾式的欺骗”：“这里一切都是虚情假意。迈科夫甚至能够从一点也不轻松、一点也不优雅的事情中创作出轻松优雅的作品来。也可能，如果不用那些所谓的现代思潮的观点来折磨他，如果他选的是有闲人家的房子而不是农村的草房来做画的话，他真能实现自己的意图。”

迈科夫美化了俄罗斯历史的发展，并把君主制与贵族看作其中最重要的因素，因此，他对资本主义秩序持批判态度。作为“骑士时代”传统的保卫者，他反对金钱统治，谴责资本主义时代阿斯塔尔达和巴尔的不道德现象。虽然，对待资本主义的这种右倾评价，在斯拉夫主义者以及陀思妥耶夫斯基身上也能找到，但在迈科夫身上它已经失去了原来的深度及人们的拥护。这种对迅猛发展的资本主义的反对是完全软弱无力的。在 1890 年代，迈科夫本人也意识到了自己的抗议和政治上的“堂吉诃德主义”的徒劳无功：

我们在严厉的学校长大成人，
在骑士时代的种种传说里
……
在这所学校里淬炼成才，
让诗人拥有全副武装，
在这阿斯塔尔达和巴尔的时代，
这有时或许显得可笑……正是这样！
……
他孤身一人——带着捡来的盔甲，
在广场上，面对人流滔滔——
向巴尔和阿斯塔尔达
掷出挑战的手套。
《我们在严寒的学校里长大……》

站在这类保守的立场上，迈科夫在长诗《公爵小姐》里与贵族自由主义的世界主义及革命民主运动展开了辩论。迈科夫指责“公爵小姐”这位欧化贵族阶级的代表脱离了俄罗斯的土壤和旧传统，更尖锐地痛斥她的女儿——是一个幻想“没有政府也没有种族差别”生活的“平民知识分子”。他把二者与温和、善于忍耐的“基督教真理的保护者”这一体现民族精神的拟人化形象——保姆相对照。因为这种不正确的思想倾向，长诗中的形象是虚假的，艺术上也显得苍白无力。

“为艺术而艺术”的理论并没有妨碍迈科夫充满着保守主义倾向的诗歌创作，也没有妨碍他创作“反虚无主义的”长诗在周年纪念日颂扬宫廷里的大人物。确实，这些曾经引人注目的诗歌是迈科夫的败笔，当然，里面也没有丝毫的创作价值。

对宗法制生活的渴望也在民族性格特点的崇高性上表现出来，为了突出这些特点的崇高性，诗人以社会特权阶层的淫荡生活加以对照。但这是些什么特点呢？这是恭顺，是对命运的逆来顺受，是心灵的纯洁。在篇幅不大的被诗人称为田园诗的《小傻瓜》（1851）这部长诗里，迈科夫讲述了一个心地纯洁，天真地相信自己美好的未来生活的农村姑娘忧伤的命运。对迈科夫来说，摆脱社会环境的虚伪和不公正现象的唯一出路就是道德上的坚忍，就是回归宗法制生活风习。1860 年，杜勃罗留波夫在讽刺迈科夫《小傻瓜》中对民族性态度的尝试时，说道：“甚至那些满脑子都是古代美好社会和半上流社会沙龙的作家，甚至那些对于人民一无所知的作家也开始描绘民族生活了。”

尤为显著的是，与此同时，就在民主文学阵营里的中心主题是表现俄罗斯农民，他们的生活和命运时，迈科夫也只是偶尔才会涉及到农民题材，他更关心的是贵族和地主圈子，以及城市的中等阶层。转向当代生活，就像诗人自己说的那样，“响应生活的号召”，这类作品在艺术上大都没有多少可取之处。在这里迈科夫变得喋喋不休、频频说教，其诗歌的形象也因此失去了艺术表现力，变成了苍白的速写。

5

历史题材在迈科夫的作品中占重要地位。转向历史，迈科夫不理解在人民生活中具有社会与精神进步的历史事件的制约性，关心代表封闭在不变的圈子里所有时代的“永恒”思想和题材，它们在各族人民那里获得各不相同的外在表达。因此，他的历史作品中占突出的首要地位的不是社会的而是抽象的哲学和道德的复杂问题，他的历史剧、历史诗在历史本身方面留下了许多表面的、观赏性的东西。不是人民的历史，而是个人的个性成为作家作品的根基，具体地说，也就是个人英雄而不是群众创造了历史。迈科夫将特殊的情感注入到这些人物身上，如亚历山大·涅夫斯基，伊凡四世，彼得一世。正是在这些人及他们的活动中，他看到了俄罗斯民族最生生不息的创造力。

在那些献给往昔俄罗斯及其历史的一页的诗歌中，如关于亚历山大·涅夫斯基的《1263 年的戈罗杰茨》，《在伊凡雷帝的坟墓旁》(1887)、《关于公主索菲娅·阿列克谢耶夫娜的射击军的传说》(1867) 等等——迈科夫首先着重描写的是历史人物的个人作用。他怀着同样的同情讲述试图保留封建领地的索菲娅和勇敢激进的活动家彼得。由于这种历史发展观，使迈科夫经常对以往历史进行模仿与渲染。

对于迈科夫来说，西方是资产阶级资本主义文化的象征；它引起了社会革命的风暴。迈科夫把这种“西方”的发展道路与俄国“特殊的”方式方法相对照，把它们看作俄罗斯以往历史的特殊性。他欣赏斯拉夫主义者，赞同他们的“全斯拉夫人”的思想，但仍然是一个国家强力政权的拥护者，在俄国国家题材的创作中特别注意正面的专制政体形象，在作品中不止一次地出现彼得大帝的形象，并高度评价他的改革（《他是谁》）。因此，他反对极端的斯拉夫主义，赞同波戈金和卡特可夫等国家强力政权的拥护者。

迈科夫认为国家集权的建立是俄罗斯民族的重要事件。在俄罗斯土地的集中过程中，他看到了俄罗斯历史的基本内涵，补写了专制政体在这一过程中的决定性作用。他的亚历山大·涅夫斯基保卫俄国领地不受外来敌人的侵略，把它们从德国人和鞑靼人手里拯救出来；伊凡雷帝是目光远大的政治家和中央集权的创立者，他为此同世袭贵族的封建大地主进行斗争。迈科夫把伊凡雷帝描绘成俄罗斯国家创始人，认为他以铁腕专制、大规模的死刑和追捕保住了领土（这类的诗歌还有《罗蒙诺索夫》、《卡拉姆津》等等）。

尽管迈科夫的历史观有其局限性，但作为艺术家，他仍给这些历史人物注入了往昔活动家更鲜明的色彩；突出了作为历史色彩画家的一面，描绘了俄罗斯历史的广阔画面。

迈科夫的关注拉近了各个时代与人的距离，这一特点在一系列作品名称中有突出的体现，如“时代与人民”、“历史的召唤”、“国家与民族”等等。他描绘世界历史中的戏剧性事件，他的诗歌和长诗，如《克莱蒙会议》、《萨伏那洛拉》、《柳齐娅之死》等等，都是献给罗马皇帝、中世纪的意大利、德国及斯拉夫国家相关的诗作。转向过去，转向历史，迈科夫渴望推行人道主义思想，极力表现那种战胜残酷的偏见和谬误的人性。

迈科夫保留的那种人道主义，是快乐、爽朗地对待生活，这使他转向古希腊文化。这种人道主义，这种欣悦地享受生活的主张，特别鲜明地体现在其下述长诗中，如《萨伏那洛拉》和《审判》。迈科夫在此让盲目迷信的冷酷信徒，中世纪的僵死教条与人道主义对生命的宽容进行了美和艺术的对照。

这种人道思想在《审判》中有很突出的表现，迈科夫对胡斯运动表现了强烈的同情。在君士坦丁会议法院那一幕中，描绘了反动的红衣主教们判处胡斯死刑，充满愤慨及对罗马教皇的红衣主教们的辛辣讽刺，被处死的胡斯因为把基督教信仰作为“基督徒的教训”而被处死。高级僧侣和主教们的黑暗法庭，胆敢破坏教会的教义，对杨·胡斯作出判决，就在这时，从敞开的窗口传来夜莺的歌声，满怀人类的深情。如此娴熟地运用精选的抒情细节，衬托出了法院环境的黑暗与冷酷，让人记起生命及其对死亡的胜利。

以宣告感官欢乐的生命无罪的判决来反对僵死的宗教教条，这在长诗《审判》中体现出来。迈科夫指责萨伏那洛拉忧郁的禁欲主义，谴责他以基督的名义烧毁了艺术作品、书籍和奢侈品。他推崇人道主义、科学和艺术，斥责中世纪的盲目迷信。然而，在迈科夫的作品中，这种人道主义的思想更多的不是抗议，而是写出自己的特点，甚至在描绘残暴的信徒萨伏那洛拉时，他也试图为之找到可以宣判无罪的话语。

迈科夫的优秀作品之一——他的历史叙事诗《叶姆商》，诗中抒情的风暴，狂热的爱国主义情绪在迈科夫偏重理智与说教的诗歌中是十分罕见的。一束草原的青草让奥特洛克汗回忆起故乡芬芳的草原，这种对故乡的感情对于身处异国的他，是比财富和荣誉还珍贵的东西。诗人找到了让人牢记的抒情性形象，具体而激动人心地传达了自己的思想。迈科夫拒绝隆重的历史布景，在这里转向抒情主题，并通过精选的细节成功地表现出来。

在献给“世纪与人民”的诗中，迈科夫再造了民族和历史的色调，发掘了各民族历史和文化鲜明而独特的特性，古罗马，15世纪的佛罗伦萨，中世纪的捷克，在法国的克莱蒙会议，宗教裁判所时期的西班牙，斯堪的纳维亚的神话，这些都在迈科夫的诗中呈现出民族的独特性。与此同时，又像普希金那样在他以往曾经关注过的各民族的民族性格中重新表现其最为独特之处。迈科夫在他自己的历史作品中往往达到的只是表面的动人和美观。通常他只是强调时代的外部特征，它的历史色彩，让自己的英雄（主人公）换穿各民族的不同服装，但这一切让人感到比普希金重新体现的作品更多模拟色彩。

我们必须注意到迈科夫作为诗人兼翻译家的多方面才能。我们且不说他对古希腊罗马诗人的翻译，光是对歌德、海涅、朗费罗、谢尼埃、密茨凯维奇的译文，就足以证明迈科夫诗歌兴趣的广泛和审美的多样性。在迈科夫的翻译中，在 1840－1860 年代俄国诗人对海涅的众多译文中，他所翻译的海涅诗歌具有重要意义。

对斯拉夫民族的关注在迈科夫的作品中有十分重要的地位。对斯拉夫的兴趣起源于 1840 年代参观毗邻的斯拉夫国家期间，贯穿于他一生的创作活动中。除了一系列献给斯拉夫民族往昔历史的诗歌外（《审判》、《永远不！》，组诗《自斯拉夫世界》），迈科夫不止一次充当斯拉夫诗人和斯拉夫民间创作的翻译。

他有许多这类作品，如带有民主思想的白俄罗斯歌曲，塞尔维亚歌曲及民间壮士歌译本（《沙皇武卡申的军刀》、《塞尔维亚的教堂》、《拉多伊茨》及其他），捷克传说《柳布莎和普列梅斯尔》等等。关注民间创作与翻译《伊戈尔远征记》是密切相关的——而《伊戈尔远征记》的翻译是俄罗斯文学最成功的事例之一。然而迈科夫对民间创作的关注往往简化为对民歌情节和对民间诗体风格的模仿，没有深入把握民间创作的精神实质。

迈科夫首先从古希腊罗马风格抒情诗和模仿古代作品开始自己的创作道路，对古希腊罗马艺术的美与和谐倾注了深厚的情感，并充满人道主义激情。迈科夫后来不止一次回到古希腊罗马方面的主题。然而如果说我们年轻的诗人在创作的初期首先关注的是希腊在艺术和人性方面崇拜和谐与完美的话，那么在后来的创作中则是以自己的国家结构及政治基础的牢固性给他深刻印象的罗马历史，但他也依旧保留着对古希腊罗马艺术的这份热爱。

在悲剧《两个世界》的序言中，迈科夫写道，早在少年时代他就被古希腊罗马世界的斗争画面所震撼，“全盛时期的生活基本原则同基督教世界的冲突画面所震撼，这种宗教为它随身带来了一种全新的人与人之间相互关系的新原则”。第一次尝试描述这种冲突的是诗歌《奥利弗和艾斯菲利》（1840），而更成熟的，总的来说也是迈科夫最好的作品之一的是《三死》。直到1863年，迈科夫才写完了第二部分——《柳齐娅之死》。在《三死》中，迈科夫展示了古希腊罗马文化及其对生活采取多神教享乐主义态度的代表人物，以及他们对美的热爱，对死亡的蔑视。

在自己的创作后期，迈科夫又转向了这个主题的创作，创作了哲学性戏剧《两个世界》（1880年印制），作为自己在这个方向探究的总结。

迈科夫试图在自己的戏剧中创造英雄形象，用他的话说，“应该是这样一种人，他能包容一切，使伟大与美好的古代世界孕育出的一切得到提升”。迈科夫让“罗马爱国主义者”的强健精神与基督教世界相对照。在古希腊罗马世界观中，杰岑伊保护一切伟大和美，是罗马创造的国家体制和文化最优形式的代表。

他试图以对他人充满爱之理想的、富于自我牺牲精神的驯顺的基督教世界来抗衡罗马贵族阶级已有的腐化堕落和利己主义世界。然而，迈科夫那些高度文明的体现者、享乐主义者和唯理论者的罗马人形象是多么具有艺术说服力，而他的基督徒形象却是雄辩滔滔的、公式化的。有一些反动的批评指责迈科夫未能深入把握基督教思想的灵魂，因为诗人自己在内心深处就是个“多神教徒”。

《三死》和《两个世界》的思想内涵并未限于古希腊罗马的“多神教”与基督教的对照。

迈科夫特别关注的是罗马帝国衰落前的古代罗马。帝制时期罗马衰落的形象吸引迈科夫的是，他从中发现了古希腊罗马与当代的联系——贵族文化正在经受剧烈的瓦解，让他难忘的是罗马存在的最后一个阶段的道德堕落。当然，这种类似具有历史的不确定性，但它在许多方面解释了作家对帝制时期的罗马长久不懈的关注。

迈科夫将自己对当代的关注转化为对历史事件的研究，着重研究尼禄时期罗马社会的共同性及现代诗人的作用。按照唯心主义的说法，历史"不同时期都有同一个本质（灵魂），其区别几乎只在各个时期穿着不同的服装，也就是说纯粹只是外表不同。"迈科夫在其《两个世界》的简要说明中，把腐化堕落、因没有信仰而导致毁灭、游手好闲、利己主义的尼禄时期的罗马社会与当代进行了类比。"当今年老且好色的达官贵人，他们是芭蕾舞剧常客，不择手段地攫取一切，只认普布利这位软弱的总督……他们只从先辈那里保留了遗传下恶习的姓氏"。迈科夫试图通过这种类比，揭露当代资产阶级和贵族社会特别是其最上层特权阶级的深重腐化，恬不知耻，毫无信仰。

诗人让自己的主人公发出耸人听闻的独白，这些主人公烙上了荒淫和腐化的烙印，一跃而成为一群败类的统治官吏，作为以"罗马先辈为父"的古老种族的后代，已被擦掉了后景：

> 由于这些可鄙的坏蛋，
> 我们退去自己的职务，
> 我们安静地生活在外省的乡间，
> 而罗马，当它大权在握，
> 我们从外面看，就像外国人……

对于迈科夫来说，杰岑伊说的这些，同样也是对他笔下的主人公们说的，“父辈古老的精神”之路，罗马往昔的英勇精神，这些都已在当代衰落和瓦解了。迈科夫的这些心情与他的思想意识有关，与他转向爱国主义、贵族传统有关，与他对资产阶级进攻时期的敌视有关。

迈科夫最后的创作时期（自 1870 年起）以替代了精致的享乐主义的越来越强烈的宗教情绪为标志。在这一时期，迈科夫的诗作渐渐丧失了自己的弹性，变得越来越抽象。反对可恶的资产主义时代进攻的宗教哲学主题的诗作占据了首位（组诗《永恒的问题》，《伊克塞尔斯约》、《阿波罗多尔·格诺斯基》等等）。

1882 年因为戏剧《两个世界》，迈科夫被普希金科学院授予奖金。1888 年曾经隆重庆祝诗人诗歌创作 50 周年。迈科夫生命的最后几年，作品写得不多：结束了大型创作，而致力于长诗《布林吉利达》的加工及收尾工作，筹备自己新的作品集，于 1893 年在马尔克斯出版社出版。

迈科夫死于 1897 年 3 月 8（20）日，享年 76 岁。

6

早在 1840 年迈科夫的诗学原则和美学观点就形成了。崇拜古希腊罗马文化，承认古希腊罗马诗歌是毋庸置疑的完美之作，他在其中找到了思想准则，也在许多方面乃至整体上确定了此后创作的特性。

早在 1839 年发表《诗人的思想》时，迈科夫就提出了艺术自主的主张：

哦，诗人的思想！你自由无羁，
仿若哈尔库俄涅的自由之歌，

你自己为自己制定法则，

你本身就和谐匀美如一！

对于迈科夫来说，艺术首先是一种美的形式，艺术家通过它那“宗教的奥秘”、“诗的和谐”使之变成永恒的艺术创作。对形式的这种观点催生了迈科夫那类似雕塑和绘画艺术的诗歌，也就是评论家不止一次谈到过的其诗歌的那种“雕塑性”。与印象派相反，迈科夫创作的浪漫主义诗歌以形式上静态的雕塑性，诗歌画面的美丽如画著称。

迈科夫是诗歌“雕塑般的形式”的代表之一，别林斯基就曾这样称赞他的诗歌。他不像费特或波隆斯基把“抒情的我”推到首位，而是偏重于视觉描写。他总是渴求避免主观而激情地认识世界。迈科夫把诗歌语言当作材料，当作一种技术，他把语言比作油画中的颜料。他说：“最重要的，是找到色调，找到节拍……然后一边写作一边感受，这一切是否合适：是不是最需要的节拍，在绘画中也是这样：不是那种色调，不是那种颜色，那么一切就都彻底落空了！”

别林斯基已经注意到迈科夫在诗歌方面“绘画性”的独特才能，他在评论《罗马随笔》中写道：“由于美丽如画的突出特点，迈科夫的诗歌总是展现一幅有着线条的真实性和自然的色彩的画面。”

迈科夫诗歌的雕塑性，其形象的视觉上的浮雕性，语言的清晰性与准确性，给人留下印象：其诗歌具有完整性、静态的和谐性和客观性。在这里，对于艺术家迈科夫来说，最为重要的是色彩画家的视觉知识，固定的线条，对象的形式和颜色。诗人自己关于诗歌加工中作为形式完成的条件的这一可塑性、雕塑性，曾经说道

这无生命的银块

把它熔炼锻锤
就能为我做出来
一只大容量的精致高脚杯。
……
请雕刻：在荒僻的花园，
在藤蔓丛中，一群酒神的女祭司，
正在起劲榨取
成熟的葡萄汁，
枝叶翠绿，
金黄多汁。
（《浅浮雕》）

迈科夫较晚期的诗歌在相当大的程度上一直保留着形象的雕塑性和色彩性，尽管他早已放弃了古希腊罗马题材。这样，《那不勒斯画册》就以形象的活生生的“图画性”占据首位：

啊，多么奇美的天空，在这真正古典的罗马上方！
置身于这样的天空下，人都会情不自禁地变成艺术家。
自然和人在这里完全是另一番模样，
仿佛古埃拉多斯诗选中卓越诗歌的图画。

因此迈科夫亲自给自己的一些诗歌加上了标题，例如《宝石》、《水彩画》以强调他的形象描写原则。

1858 年，A. B. 德鲁日宁曾谈到迈科夫诗歌的“形式完美”和“客观性”，并谈到他“在诗歌方面的平静客观方式”，还把他的“雕塑般的宁静”与丘特切夫和费特诗歌的“主观诗意情绪”相对照：“对自然的外部现象全神贯注的精细观察力，对色彩和线条的美十分敏锐的色彩画家的精细观察力，在他身上明显地超出了那种用语言重建我们生活中的诗意瞬间的本能快乐愿望，——这种愿望此时早已让丘特切夫先生和费特先生在我们的文学中功成名就。上述两位诗人在抒情性上要优于迈科夫，正因为如此，迈科夫在诗的艺术性方面，在作品的完整性和形象性方面要略胜一筹。”

迈科夫力求使自己的感受客观化、具体化，使之通过情节或雕塑性的色彩画般的形象表达出来。将它们寓于情节和诗情画意中。迈科夫在 1858 年写给杜德什金的信中写到："这种客观性的感觉是可怕的。相信我，每一首诗篇，哪怕它是从另一个世界捕捉来的，是由于纯个人印象、情境和感受而产生，然而对于我来说，有能力把史诗性的庄重和喜悦，激动和眼泪都融入这种感觉中，它们是几乎任何一首诗篇诞生时的附属物，隐藏在宁静而如画的诗中。”

在诗歌的形式上，迈科夫通常遵循普希金时代的传统。大部分的诗是用十四行诗的抑扬格形式写成的。迈科夫不追求韵脚的新奇，而更注重艺术手法。

迈科夫把自己的创作看作普希金传统的延续。但他对普希金诗歌的认识是片面的，狭隘地把它们只是看作“和谐”、“纯艺术”。在《重读普希金》一诗中，迈科夫写道：

重读他的诗——我仿佛再次感受
那一个美妙的瞬间——
似乎有一股出人意料的气流，
突然把天庭的和谐带到我身边……

普希金对迈科夫来说，首先是“和谐”的榜样，完美技巧的榜样。然而其创作的思想内容，他的艺术原则和普希金式的现实主义，实质上却被屏蔽在迈科夫创作的边界之外。出于对普希金的敬仰，迈科夫对普希金传统的继承表现在诗歌的外部特点上。

迈科夫的大部分诗歌都是静态的，叙述性的。他不像丘特切夫、费特、波隆斯基那样执迷于细微差别，诗歌的内在寓意和音乐性，而是更在意主题的真实性和情节的明确性。他的组诗《生活的回声》、《历史的回声》便是如此，情节在其中占主导地位。《笨女人》、《祖母与孙女》、《他是谁》、《判决》以及其他许多诗歌都具有很强的故事性，在这些诗歌中具体的事件描写占重要地位。

迈科夫在对谢尔宾纳的《希腊诗集》的评论中写道："诗人洞悉这些原则（即古希腊罗马世界观——引者），领会并体验了古人看待生活的观点，把古代生活的某种现象描述给我们，或是亲眼目睹世界上那些重要的时代和生活万象，同时运用他们诗人的本能加以感受，像我们的同代人一样和我们交流，向我们说明古代具有怎样的特点，而尽管这些特点具有历史的忠实性，但他也反对它。"

迈科夫诗歌的独到之处在于他对于主题和体裁的明确性。迈科夫对诗歌体裁的区分，首先表现为将自己的诗发表在文选上，然后慢慢把它们分类变成组诗。《古希腊罗马风格抒情诗类》、《仿古诗》、《罗马素描》、《生活的思索》、《宝石》、《在途中》、《国家与民族》、《生活的回声》、《历史的回声》都是这样的诗集，诗歌的分类与组诗的构成一如诗人亲自给它们加上的标题。诗歌的特点，标题的着重强调，明显地表现了迈科夫的诗学观。

迈科夫关注历史。历史文化资料的千姿百态和丰富多彩在其诗中是同描写历史时代的装饰性的华丽结合在一起的。费特在跟波隆斯基谈到迈科夫的诗时，曾写道："这很快就会变成批发店，而不是零售小铺；但在这个批发店中找不到俄罗斯女主人待客的香糯甜酒，也不要期待它有任何特别之处。如果应该称呼缪斯，那么应该将我们称为大人，而迈科夫则被称为老板。"

迈科夫的诗歌显示出理性的明确性，尽管这一明确性和具体性往往可以有对世界表面、经验式的理解，却使其丧失了现实主义的的深度和概括力。

7

描写大自然的诗在迈科夫的作品中占据重要的地位。这些诗显示了这位真正艺术家的敏锐性。这类诗歌如《春天！探出第一扇窗》、《刈草场》（“草地上弥漫着干草的芳香”）、《雨中》、《秋天》、《燕子》及许多其他作品，都是他杰出的诗歌代表作。在作品中诗人找到了准确的表现手段和敏锐细腻的细微差别，这赋予其诗歌一种亲切的温柔和抒情色彩，恰似画家笔下真实明朗的大自然。如祖母绿般闪耀的绿草地，银丝带般蜿蜒曲折的小河，浓密翠绿的森林，春天的风景，最后一场雪，破雪而出的淡蓝色的雪莲花，清晨花园里溅满冰凉露水的丁香花，鲜花摇漾的田野，——迈科夫诗中的这些风景，是俄罗斯中部地区朴素而纯正的景色。

这种对俄罗斯大自然及其朴素、平淡的美的满腔热忱的理解是迈科夫最好诗歌的特点。诗人并不追求像描写意大利风景那样给人留下刻意的动人印象，也不追求形象的外表华丽。这类诗歌具有自己朴素的色彩，同时也传达出了俄罗斯大自然迷人的魅力——刚刚收割过干草的草地、把秋天的大自然照耀得热情洋溢的阳光、迟到的鑫斯的鸣叫。迈科夫在这些朴实的自然图景中显示了自己画家的才能，但这并非动人的舞台布景，而是优雅明净的水彩画。作者笔下的这些“水彩画”远比那些过于豪华的宏幅巨画更为成功。

文学评论家曾不止一次提到迈科夫诗歌的精细观察力，但这并不意味着诗人放弃作者对叙述的看法。不过迈科夫更喜欢隐藏起自己作者的面孔，他不想成为自己诗中的抒情主人公。他更喜欢描写，平静而庄严地叙述热烈的情绪，故意引人注目地客观表达自己内心的情感与感受。

然而迈科夫并不仅仅是大自然的一个冷静的观察者，他在自己的风景诗中也注入了抒情的音调，分离出一定的激情情节。尽管他的风景描写不像丘特切夫和费特那样充满崇高精神，具有多层次结构，但他借助静态而客观的描写，却独有了一些与诗人艺术家心灵接近的细节。在一篇关于艾瓦佐夫斯基画展的文章中迈科夫写道："那种打动观众心灵的东西，与其说是精心选择的丰富的地方色彩，不如说是艺术家那颗表现出对大自然的理解以及对大自然的现象做出回应的心。"

迈科夫以艺术家敏锐的洞察力观察大自然，力求在诗中刻画出他以艺术家的眼光敏锐地发现的大自然的五彩斑斓及细微差别，在这里他重拾诗歌的力量和大师的自信。他的诗作《捕鱼》便是这样一个最好的例子。这首诗庄严、沉着、简约、严整，让人不禁想起杰尔维格和格涅季奇在俄罗斯土壤里复活的忒俄克里托斯的田园诗。诗人又一次栖身于他挚爱的大自然，置身于他的日常兴趣浓厚的环境中。在作品《捕鱼》的献词中第一个被提及的作家是《钓鱼笔记》的作者阿克萨科夫，他曾满怀热爱地描写过钓鱼的艺术。俄罗斯大自然的真实景色、那些准确挑选的充满魅力的细节使人想起人类文明的发源地之一——古希腊罗马世界，使人想起我们这个充满朴素智慧的美妙世界，想起人和谐地融合于自然之中：

就在大自然的黑色幕布缓缓降落的瞬间，
太阳突又燃起紫色的晚霞，
伴随着森林沙沙的呼喊，
那是你亲自在我心里与上帝对话！
是的，你欢快地呼吸着，如同自然的一部分，
我充满了那种自由的力量与幸福，

在那自由嬉戏的日子，人类的始祖
满头银发的老人像孩子一样快乐！

这种使人变得高尚和纯洁的古希腊式对自然的理解，也被迈科夫注入简单、朴素、典型的俄罗斯风景中。

迈科夫并不希望把自然看作象征模糊而隐晦的神秘世界，而是描绘现实、可见的具体图画。这种学院派艺术家描绘的风景，精雕细刻，完美准确，但同时也目光敏锐，满怀热爱：

我整小时在与沼泽周旋。
那里硬毛草丛立，像刷子般坚硬；
那里池塘盈盈碧水溢出塘岸；
青蛙费力地爬上突出水面的树墩，
就像登上了舞台的一角，
舒服地晒着太阳，打着瞌睡……
瘦弱的花儿披着雪白的绒毛，
在它上面整群的小蚊虫嗡嗡翻飞；
只有鲜嫩多汁的勿忘我以绿松石的眼睛
从四面八方温柔地望着我的眼睛；

（《沼泽》）

在描绘自然风景画时，迈科夫画了许多草稿，慷慨地使用了丰富的颜色和生动的细节。这就是他最优秀的诗歌之一《雷雨》。它整个儿以鲜明、生动、艳丽的形象为基础，仿佛艺术家在画作上描绘的一般。这里有金黄的麦浪下晃动的阴影，有在“银白的飞檐”下和遮住了“半个天空”的“大门”上升起的阳光，有透过“光明与黑暗”的灰蓝色乌云的帘幕。对急骤的乌云所带来的突如其来黑暗的描写是出色的：

突然，仿佛有谁急忙
从田野扯下绸缎桌布，
黑暗紧随其后，咬住不放，
越来越凶猛，越来越迅速。

迈科夫也会在这种情况下进行风景的生动描绘：

圆柱早已向四处扩散，
银晃晃的飞檐早已漫灭，

在这些诗歌中，五彩缤纷的风景描绘是与视觉的准确性和对大自然的真正感情紧密联系在一起的，比如《庄稼地》、《秋天》、《雷雨》及其他许多诗。这种很有效果的手法体现在对雷雨的全景描述中：

阳光穿过半个天空的大门口，
袅袅升起，从那银晃晃的飞檐，
那里，从瓦灰色的帷幔后，
透射出光明与黑暗。

（《雷雨》）

或者秋天的景色：

青苔不再往上攀爬，
　　毛茸茸的乳蘑不再成堆地钻出，

树墩四周也不再悬挂

越橘那紫红的流苏。

(《秋天》)

这位风景画艺术家到处表现着他领悟到的色彩、光线和阴影，和他那具体可见的大自然的幻象。因此，对迈科夫来说，纯视觉性是最重要的，其诗歌观赏性的一面——线条，色彩，如此吸引他的都是每一处绚色彩画的细节：

……在潮湿的泥土周围，

在蚁穴的上方，草莓红艳，

成熟的枝桠在招呼我走近……

但我看见——干枯细长的芦苇已经折断，

两只苍白的小手朝着紫色的浆果

悄无声息地伸展……

(《又走出城市！……》)

在描绘自然图画的诗歌中，首先完整地表达了迈科夫创作的现实主义倾向，力求意义的明确性，准确而具体的形象，这使得他有可能创作一系列以诗歌艺术的严整和完美著称的作品。

柴可夫斯基、里姆斯基－科萨科夫等曾为迈科夫的许多诗歌(《摇篮曲》、《春天》、《八行诗》等等）谱曲，这些作品在音乐演出中受到广泛欢迎。值得一提的是，迈科夫还曾为阿·哈·谢洛夫的歌剧《尤季菲》写过一系列咏叹调。

叙事诗体的有情节的作品在迈科夫的创作中占有重要地位。他往往跳出抒情诗的范畴，创作一系列历史叙事诗（《叶姆申》、《他是谁》），日常生活题材的画作、剧本和不大的长诗（《克莱蒙会议》、《判决》、《萨伏那洛拉》等）。迈科夫的长诗和剧诗（《两种命运》、《玛申卡》、《老人》、《普尔奇涅利》、《公爵小姐》、《柳齐娅之死》、《两个世界》、《布琳希尔达》等）讲述了对宏大的、内容深刻而丰富的长篇作品的向往，以及对跳出抒情诗范畴的渴望。然而，迈科夫的许多长诗和戏剧作品都相当程度地体现了他在古希腊罗马风格抒情诗、抒情性诗歌和叙事诗上的艺术优势。在他的抒情诗，尤其是在强有力的叙事体抒情诗中经常显露的理性和华丽语言，往往变成冗长的辩论和演讲。

描写的客观性并不等同于典型性。迈科夫在其长诗中描写的情节和形象远非总能表现出主要的、本质的特点。他的作品往往只是抽掉内在深度的插图。迈科夫诗歌中的一切都是准确而轮廓分明的，其中没有暗语或者朦胧不清，展现在我们面前的事物都完全置身于晴天白日中。

在自己的《历史的回声》、历史长诗和叙事诗中，迈科夫力求重塑能把人带入过去的大型风景画。这种华丽的观赏性，预定以视觉、色彩的效果为大众舞台的艺术结构，在《克莱蒙会议》或《判决》中表现得尤为明显。例如在描述克莱蒙会议的广场时，仿佛详细描绘的历史油画中的再现：

阳光耀眼地照耀着
旗帜，围巾，羽毛，法衣，
徽章，绦带，还有标语，
天蓝，紫红，还有黄金。
用金线编织的华盖高高举起，
罗马教皇头戴皇冠端坐着，
周围是一群群僧侣。

这些五彩缤纷的织物，锁子甲的金属，头盔，金线编织的华盖，在阳光下格外色彩鲜明，灿烂夺目。

同样的色彩画效果也运用在长诗《判决》之中，在大教堂昏暗的哥特式拱门下，杨·胡斯正在接受审判，从窗外突然闯入的一道阳光，以一种不祥的红色调照亮了昏暗的审判会：

他（少年侍卫）看着，黑暗
在哥特式屋檐下越来越浓；
落日的霞光突然
滑下法衣和斗篷。

漫溢的红光
在黑暗中描画，
激动的胡子，光秃的前额，
好人和坏人的脸颊……

这种通过光线效果来突出描写的观赏性及色彩明显的华丽性的手法是迈科夫诗歌的固有特色之一。迈科夫最常用的修饰词绝大部分是颜色词：深蓝的远方，乌黑的蔚蓝，深红的篝火，粉红的光线，银白的海洋，蓝色的闪电，碧绿的深处，灰蓝的帘幕。

☆☆☆

除了服务于诗歌，对自己无所求——诗人的这种姿态在 19 世纪 60 年代的情势中意味着否认艺术的社会作用。

迈科夫崇尚唯美主义和纯艺术（这并不妨碍迈科夫不止一次地发表政治诗和回应“目前大众关注的问题”），反对 19 世纪六七十年代要求革命倾向性诗歌的激进民主主义阵营。

涅克拉索夫、杜勃留波夫、车尔尼雪夫斯基把为人民的利益服务的有政治作用、现实主义特色的诗歌提高到首位，与“纯艺术”派的拥护者作斗争，反对在相当程度上具有艺术脱离生活这一特征的迈科夫、费特、谢尔宾纳和“纯艺术”阵营其他代表的诗歌。

杜勃留波夫反对“纯艺术”的唯心主义反动理论的拥护者和受其影响的诗人们。他在1860年写道：“费特先生和迈科夫先生（到爱国主义创作前）和其他先生早已如此幸福地以之为基础的在艺术上对社会生活和道德问题的漠不关心，对于而今在诗歌舞台上出现的新人们则已完全不会成功。如果有人仍想像以前那样保持对生活的冷淡，而且他看到现在‘纯艺术’唯有科济马·普鲁特科夫一个人的作品还引起普遍注意，他就会对自己的选择产生怀疑。”杜勃留波夫讽刺了“纯艺术”的追随者对“美的”、“诗意的”道具的偏爱，他着重指出这种诗歌思想的贫乏性，其中首当其冲的便是迈科夫的诗歌。

迈科夫保守的思想观念引发了激进的民主主义阵营对他的敌对关系。诗人对外部美的偏爱在许多滑稽的模仿作品中遭到苛刻的嘲讽。

萨尔蒂科夫－谢德林在评论迈科夫1864年刊登于《现代人》杂志的作品《新诗》时也辛辣而尖锐地嘲笑了迈科夫作品中贵族般的个性。谢德林把迈科夫的诗列入“闲散的果实”之列，它们预定只能使“闲散之人在闲暇的时候得到欢愉”。“这显示了他纯粹的贵族性格，这种性格是一切令人安抚的风尚潮流和使人愉快的话语中必不可少的特征”。

然而，在俄国诗歌中，迈科夫的诗歌既不属于那种远离现实的雄辩滔滔的辩论，也不属于那种公式化的官方“适应当时情况的诗”，而是有主题的作品，他在其中发出诗人独特的声音，表达他的真情实感，展现他的艺术技巧。

迈科夫留给后人的内容丰富的诗歌遗产远远不能囊括诗人的全部价值和其诗歌的生命力。迈科夫最杰出的诗作首推他的历史叙事诗，古希腊罗马风格抒情诗，特别是他描写俄罗斯大自然的诗，诗人的才华在这里表现得淋漓尽致。其中许多诗（如《春天》、《夏雨》、《刈草》等）早已成为教育的财富，被杰出的俄罗斯音乐家改编成曲子，在俄罗斯古典文学的宝库中熠熠生辉。